議会の迷走

小説フランス革命5

佐藤賢一

集英社文庫

議会の迷走　小説フランス革命5

目次

地図・関連年表デザイン／今井秀之

【前巻まで】

1789年。フランス王国は深刻な財政危機に直面し、民衆は大凶作による飢えに苦しんでいた。財政再建のため、国王ルイ十六世は全国三部会を召集。聖職代表の第一身分、貴族代表の第二身分、平民代表の第三身分の議員たちがフランス全土からヴェルサイユに集う。

議員に選ばれ、政治改革の意欲に燃えるミラボーとロベスピエールだったが、特権二身分の差別意識により議会は空転。業を煮やした第三身分が自らを憲法制定国民議会と改称すると、国王政府は議会に軍隊を差し向け、大衆に人気の平民大臣ネッケルを罷免した。

たび重なる理不尽に激怒したパリの民衆は、弁護士デムーランの演説をきっかけに蜂起し、圧政の象徴、バスティーユ要塞を落とす。ミラボーの立ち回りで国王に革命と和解させることに成功し、議会で人権宣言も策定されるが、食糧難も物価高も改善されず、庶民の生活は苦しいまま。不満を募らせたパリの女たちがヴェルサイユ宮殿に押しかけ、国王一家をパリへと連れ去ってしまう。

王家を追って、議会もパリへ。オータン司教タレイランの発案で、聖職者の特権を剝ぎ取る教会改革が始まった。

革命期のパリ市街図

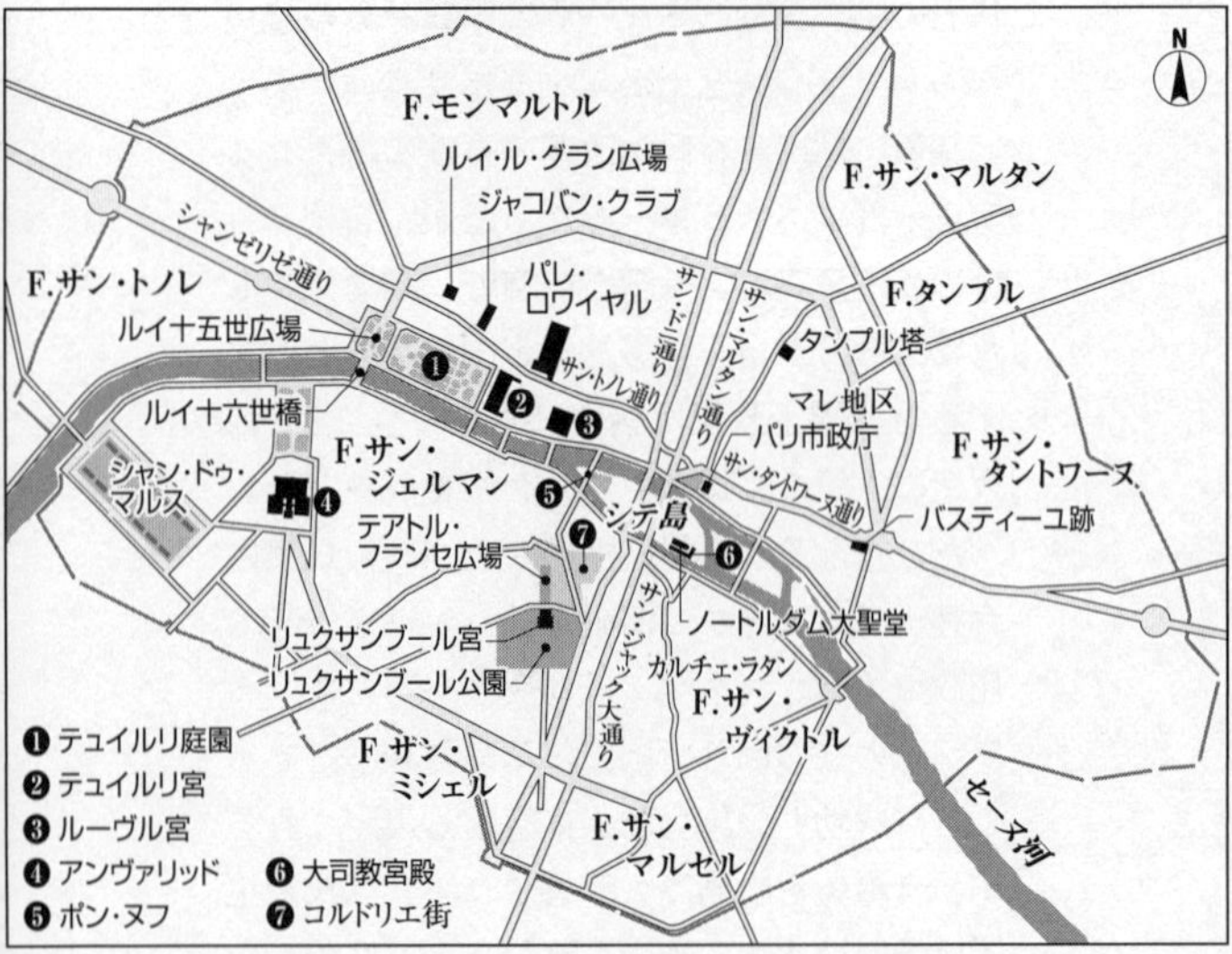
N
F.モンマルトル
ルイ・ル・グラン広場
ジャコバン・クラブ
F.サン・マルタン
シャンゼリゼ通り
F.サン・トノレ
パレ・ロワイヤル
サン・ドニ通り
サン・マルタン通り
F.タンプル
ルイ十五世広場
タンプル塔
サン・トノレ通り
ルイ十六世橋
マレ地区
パリ市政庁
F.サン・ジェルマン
サン・タントワーヌ通り
F.サン・タントワーヌ
シャン・ドゥ・マルス
シテ島
バスティーユ跡
テアトル・フランセ広場
ノートルダム大聖堂
リュクサンブール宮
サン・ジャック大通り
リュクサンブール公園
カルチェ・ラタン
F.サン・ヴィクトル
F.サン・ミシェル
セーヌ河
F.サン・マルセル
❶ テュイルリ庭園
❷ テュイルリ宮
❸ ルーヴル宮
❹ アンヴァリッド
❺ ポン・ヌフ
❻ 大司教宮殿
❼ コルドリエ街

＊主要登場人物＊

ミラボー　プロヴァンス貴族。憲法制定国民議会議員
ロベスピエール　弁護士。憲法制定国民議会議員
デムーラン　ジャーナリスト。弁護士
タレイラン　オータン司教。憲法制定国民議会議員
ラ・ファイエット　アメリカ帰りの開明派貴族。憲法制定国民議会議員
ルイ十六世　フランス国王
マリー・アントワネット　フランス王妃
マラ　自称作家、発明家。本業は医師
ダントン　市民活動家。弁護士
リュシル・デュプレシ　名門ブルジョワの娘。デムーランの恋人
ボワジュラン　エクス・アン・プロヴァンス大司教。憲法制定国民議会議員
ブリソ　ジャーナリスト。パリの選挙人
ブイエ　東部方面軍司令官
デュポール　憲法制定国民議会議員。三頭派の立案担当
ラメット　憲法制定国民議会議員。三頭派の工作担当
バルナーヴ　憲法制定国民議会議員。三頭派の弁論担当

L'Assemblée nationale ne pouvait pas
faire de changement dans la religion
sans l'accord de l'Église.

「国民議会といえども、こと宗教に関するかぎり、
教会が同意することなしには、
ひとつの改革も行いえなかったはずだ」
（エクス・アン・プロヴァンス大司教ボワジュラン責任監修
『聖職者民事基本法に関する諸原則の開示』より）

議会の迷走

小説フランス革命5

1――禁じ手

パレ・ロワイヤルの一角を集会場に定めながら、一七八九年クラブが正式に旗揚げしたのは、モンモラン報告に先立つ一七九〇年五月十二日のことだった。

もっとも会合は非公開で、入れるのは六百人に限定された会員だけ、その会員になるための会費も馬鹿高いという、最初から厳しく人を選ぶような団体である。

その実態を論じても、まさに選ばれた人間ばかりだった。パリ市長バイイ、『第三身分とは何か』で知られたシェイエス師はじめ、コンドルセ、ル・シャプリエ、トゥーレ、タルジェ、デムーニエ、デュポン・ドゥ・ヌムール、ラヴォワジエと有力議員が名を連ね、ラ・ロシュフコー公爵、リアンクール公爵、カステラーヌ伯爵と、世が世なら議論の言葉を戦わせるどころか、挨拶《あいさつ》の言葉を差し上げるのも憚《はばか》られたであろう大貴族の面々なども、洩《も》れなく顔を揃《そろ》えていた。

――なかんずく、今や権勢並ぶものなきラ・ファイエット……。

その名前を心に唱えれば、ミラボーの立場として、やはり癪《しゃく》に覚えないではなかった。ラ・ファイエットこそ、一七八九年クラブの首魁《しゅかい》だった。ラ・ファイエットが組織した団体だとして過言でなく、結社を志した契機がジャコバン・クラブを締め出された例の一件ということにもなる。

さておき、一七八九年クラブとは読んで字の如《ごと》くに、一七八九年の精神を尊重せんとする同志の集まりだった。具体的には立憲王政の実現を唱えるが、ジャコバン・クラブのように喧《かまびす》しく議論を繰り返すわけではない。内実はサロンのようなものだ。一七八九年の精神を遵守《じゅんしゅ》するというのも、裏を返せば、そこで革命は終わりにしたいという話なのだ。

中身は穏健な中道ブルジョワの団体といってよい。

――つまりは議会の多数派だ。

それは昨年の十一月にミラボーに苦杯を舐《な》めさせた連中だった。いかなる議員も議会の会期中は入閣することができないとの法を定めて、大臣になるという野望を粉砕したのは、大方がラ・ファイエットの働きかけに応《こた》えての話である。ということは、往時の敵が一七八九年クラブとして、今や眼前に結集していることにもなる。

議会では宣戦講和の権を巡って、議論が紛糾したままだった。落としどころを用意して、ミラボーは左派と共闘を組もうとした。ところが、これまた理想ばかりで融通がきかず、現実的な判断というものがない。味方にできるどころか、挑戦状を叩《たた》きつけられる格好にまでなったからには、もう他に方法などなかった。

――ラ・ファイエットと組むしかない。

通じて多数派を取りこむしかない。屈辱的な話だが、こうとなっては仕方がない。かかる必要に迫られるときもあろうかと、ミラボーは一七八九年クラブでも会員になっていた。が、それまた名ばかりの話であり、ここで誰をどう動かせるわけではない。ましてやラ・ファイエットと談合を図るなど困難を極めるわけだが、それをやらせるために向こうの仕事にも協力を惜しまないできたのが、腐れ縁の悪友タレイランというわけなのだ。

――まあ、うまく、まとめてくれたほうだろう。

そこはミラボーも素直に感謝しないではなかった。

実際のところ、ラ・ファイエットと二人で対座した日には、お互いに牽制《けんせい》ばかりで、まともに話もできなかったに違いない。そこへいくと、タレイランは便利なのだ。

無神経な大貴族はズケズケと、なんでも言葉にできてしまう。ええ、ラ・ファイエット侯爵、そういうわけです。ミラボー伯爵は味方を欲しがっているのです。王に宣戦講和の権限が委《ゆだ》ねられるなら、司令官のあなたにとっても悪い話ではないでしょうと、それくらいの理屈で貴殿を釣り上げようとしているわけですな。

「ええ、ええ、つまりは、この美女たちまで餌《えさ》にしながら」

ラ・ファイエットは承諾した。首尾よく手を結べたことで、ミラボーは多数派工作に目処《めど》をつけることができた。これで三頭派を一蹴《いっしゅう》できる。生意気なバルナーヴを負かしてやれる。が、いうまでもなく、複雑な気分でもある。

恥をかいたのは俺《おれ》のほうだと、そうまで思い詰めるときが、ミラボーにはあった。なんとなれば、ラ・ファイエットに頭を下げてしまったのだ。張り合ってきた好敵手の、風下に立つことを容《い》れたのだ。が、実を取るためには、恥を忍ぶしかなかったのだ。

――ああ、王のためになるならば、俺の自尊心など安いものだ。

もとより、ミラボーには感傷に浸る暇など与えられなかった。多数派工作は多数派工作として、かたわら議会での舌戦も続いていた。

五月二十日、それまでの沈黙を破り、最初に仕掛けたのはミラボーだった。ええ、まずは現実をみようではありませんか。我らの植民地を守るために、あちらこちら海上に戦艦が出動させられています。同じように国境を見張るためには、常時兵士が置かれております。かかる有事の備え、かかる防戦の実効力というものは、国王の手に帰すのだということを、まずは忘れないでください。

「さて、話はここからです。戦艦が攻撃を受けたとします。あるいは兵士が襲撃に曝《さら》されたとします。戦艦はどうしたらよいのですか。兵士はどうしたらよいのですか。立法権が戦争に同意して、宣戦布告を行ってくれるまで、自分の身を守ることもできないのですか。今にも船が沈没してしまうというのに？　銃ひとつ撃ち返すことも許されないで？」

断じて否である。戦争は、その現場のみで起こりえる。それを普段から掌握する執行権の関与なくしては、宣戦講和の権限は行使しえるものではない。そうやって戦争の現実に注意を促すかたわらで、ミラボーは原理原則にこだわる輩《やから》の取りこみも忘れなかった。ええ、もちろん、宣戦講和の権限は国王大権のひとつなのだと、そういうつもりはありません。というか、ここで問題の立て方を修正したいと思うのです。

「宣戦講和の権限が帰属するべきは、立法権たる議会か、執行権たる王か、そうした二律背反の排他的選択ではなくて、これは権力分有の問題なのだと確かめたいと思うのです。権限は両者の中間において、いいかえれば両者の協調において保持されているのが理想的ではないかと、そう私は考えるわけであります」

あげくに提案したのが、宣戦講和の権利そのものは国民に帰属する、また宣戦布告も講和終戦も国民議会しか行いえないとしながら、その提議権は王に与えられるべきとして、政府閣僚の側に事実上の主導権を認める法案だった。

頑迷の右派、思いこみの左派と、それぞれが放言するばかりで、法案として収斂《しゅうれん》する兆しもなかった議会は、ミラボー提案を得るにいたって、ようやく打開の光明を見出《みいだ》した。おおむね好意的に受け入れられた空気において、ひとり目を吊《つ》り上げていたのが三頭派だった。

間をあけず五月二十一日、反撃の演壇に進んだのは、やはりバルナーヴだった。というのも、だまって見過ごすわけにはいきません。敵対行動が始まり次第に、国民が戦争状態に置かれるのだとしたら、宣戦布告をなすのは立法権でも執行権でもありますまい。誰か相手の国の人間を殴り、はたまた殴られそうになった身を守り、それで戦争になってしまうのだとしたら、宣戦布告の権限を掌握しているのは、誰より先に国境を往来して稼いでいる商人だったり、あるいは外交事務に忙しくしている役人だったりしてしまう。

「要するにミラボー氏は、敵対行動と戦争を、交戦の事実と戦争の実効を混同してしまっているのです」

そうやって名指しの攻撃に踏みこみながら、バルナーヴは原則論を丁寧に積み重ねた。ええ、いまひとたび基本に立ち返りましょう。立法権と執行権は完全に別々で、互いに独立しています。法律を制定するのは、いうまでもなく立法権たる議会です。

「その法律とは全体意思の表明のことです。宣戦講和というのも全体意思の表明であり、であるからには法律であり、であるからには議会からしか引き出しえません。王というのは、それを執行する役割でしかないのです。ミラボー提案のように両者で共有するならば、直ちに憲法上の混乱を招くことになるでしょう。フランスは無秩序の一本道を辿《たど》るしかなくなるでしょう」

いうまでもなく、提案されたのは宣戦講和の権限は国民議会にあり、他に委譲されるべきではないという内容の法案だった。

「もちろん、立法機関が戦争を決断するには、非常な困難が伴います。決断が遅れがちになる憾《うら》みもありましょう。出席の議員諸氏におかれましても、各自が財産を持ち、家族を持ち、子供を持ち、戦争が巻き添えにしかねない多くの個人的な利害を抱えておられるのです。しかし、だからといって、ペリクレスに任せてよいのか。ろくな考えもなしに、えい、ままよと、ペロポネソス戦争を始めたようなペリクレスに」

ペリクレスというのは古代ギリシャの都市国家アテネの指導者である。デロス同盟の盟主として君臨したアテネは、その勢いのままペロポネソス同盟を率いるスパルタに挑戦した。その結果は周知のように、スパルタの勝利、アテネの敗北に帰している。

バルナーヴの演説も好意をもって受け入れられた。利害を守る云々《うんぬん》という件《くだり》は、保身欲求が強いブルジョワの耳には魅力的にも響いたのだ。テュイルリ宮殿調馬場付属大広間《マネージュ》は、数多《あまた》の議員の拍手喝采《はくしゅかっさい》で耳が痛くなるくらいであり、そのとき憲法制定国民議会は熱狂したといっても過言でない。

「雄弁家バルナーヴ、雄弁家バルナーヴ、君こそは我らが議会の誇り」

大騒ぎを聞き流して、なおミラボーは冷静だった。法案として審議の俎上《そじょう》に上げられるのは、二十日のミラボー提案、二十一日のバルナーヴ提案と、この二案しかない。そのまま投票にかけられることになっても、とりたてて異存はなかった。興奮顔の議員たちが、三頭派の優位は動かないなどと口走ろうと、少しも気になるものではない。

――だから、私にはラ・ファイエットがついている。

一七八九年クラブがついている。ひいては多数派を占める中道ブルジョワが味方してくれる。そのまま投票にかけるとなれば、不利はバルナーヴ案にある。

ミラボーには慌てる理由がなかった。実際のところ、今頃になって多数派工作に着手して、まさかの禁じ手で敵が大逆転を果たしている事実に気づき、恐慌を来《きた》したのは三頭派のほうだった。

――といって、こういう手段に訴えるとはな。

憲法制定国民議会は引き続きの投票を断念せざるをえなかった。テュイルリ、ルーヴル、サン・トノレの界隈《かいわい》で、その檄文《げきぶん》が建物という建物に張り出され、また辻《つじ》という辻にばらまかれたのは、五月二十一日の夕方だった。そろそろ定刻だからと審議を切り上げ、さて投票にかけるかどうかという折りに、議会の扉にまで掲示された簡易印刷は、題して「ミラボー伯爵の裏切りを暴く」というものだった。

2——対決

内容としては、ありがちな個人攻撃にすぎなかった。

「ミラボーは議会で王の絶対拒否権を主張したときから、富と名声のために宮廷に身売りしていた」

「その許されざる犯罪行為も頂点に達して、今や我ら人民の喉《のど》をかききり、財産まで取り上げる権能を王に与えようとしている」

「人民を抑圧する者の脳天には天誅《てんちゅう》が下されるであろう。注意せよ」

最後は陳腐な脅迫にまで落ちながら、とにもかくにも煽動《せんどう》意欲まんまんという文面だった。

「わかってるじゃないか」

そう不敵に笑い飛ばして、いつものミラボーなら歯牙《しが》にもかけないところだった。が、そうした悪意の中傷も、折りが折りだったのだ。

配下に調べさせてみると、作者はラ・クロワという名の三文文士だった。いうまでもなく三頭派と通じていて、具体的には行動班のアレクサンドル・ドゥ・ラメットが、そのアパルトマンに出入りしている姿を近所が目撃していた。

決戦を目前にしていながら、三頭派は多数派工作に失敗した。となれば、あとは大衆を動員して圧力に使うと、バスティーユ再びの恐怖を演出して議員諸氏に翻意を促すと、それくらいしか確かに手は残されていなかった。

だから、檄文を撒《ま》いた。さらに尾ひれをつけながら、いっそう手ひどくミラボーを扱《こ》き下ろした。

――にしても、大変な騒ぎだな。

五月二十二日、容易に進まない馬車の車室に閉じこめられて、さすがのミラボーも一周年には少し早いなどと、冗談にしては笑えない気分だった。

――まさに一七八九年七月十四日の再現だ。

一種異様な熱気を発散する人々が、テュイルリ宮の庭園からルイ・ル・グラン広場、フイヤン派やカプチン派の僧院中庭にいたるまで、空いている敷地という敷地を立錐《りっすい》の余地もないほど埋めていた。

自宅を出発するときに五万人の暴徒出現と聞かされたが、あながち誇張でない気がしてきた。それが皆して威嚇《いかく》さながらの大声を張り上げながら、早朝から教会の鐘の音も通さないくらいの騒ぎ方だったのだ。

大騒ぎも、ひとつには救世主の名前を連呼するものだった。

「バルナーヴ万歳、バルナーヴ万歳」

バルナーヴ案に投票しなければ許さないぞと、議員たちを脅しつけたも同然だった。とするならば、もうひとつの名前も輪をかけて大きく叫ばれざるをえない。

「ミラボーを吊《つ》るせ。裏切り者を吊るせ」

前のパリ市長だの、徴税請負人だのと同じように、あのイカサマ師をパリの街灯の先から吊るしてやるんだ。ミラボーに味方するような議員がいたら、そいつらだって、ことごとく同じ目に遭わせてやる。そんな風に叫ばれると、まだ昨夏の記憶が生々しいだけに、単なる脅し文句と侮る気にもなれなかった。軍隊が出たわけではないので、人々も武器を携行するわけではなかったが、それでも議員の一人や二人は簡単に葬り去るに違いないのだ。

――ああ、怖いな、確かに。

馬車が左右に揺れていた。ほんの車窓を通じた姿であるとはいえ、獅子《しし》を彷彿《ほうふつ》とさせる巨体は、やはり人の目に留まらずにはおかなかった。ミラボーだ。ミラボーがいる。あれはミラボーの馬車だ。誰かが叫ぶや、みる間に人垣ができてしまい、そうして殺到する圧力だけで、四輪馬車のような大きな乗物が上下左右と揺れたのだ。

あまりな恐怖に、もはや馬の嘶《いなな》きも悲鳴に近い。このまま襲われてしまうかもしれないと思いながら、ミラボーは自分に問うことしかできなかった。

——戦えるか。

これだけの力を前に、おまえは戦うことができるのか。答えるに、ミラボーは迷いもなかった。

——はん、戦えるに決まっている。

戦うしかないというような、悲壮な気分ではなかった。戦える。十二分に戦える。ミラボーの確信は、些《いささ》かもぶれなかった。なんとなれば、革命など、そう簡単に起きるものではないのだ。二重、三重の偶然が重なって、はじめて結実した偉業だからこそ、一七八九年七月十四日は記念日として祝われるべきなのだ。

食糧事情ひとつとっても、昨年からは比べられないくらいに好転している。それが証拠に怒れる暴徒の表情にも、どこか余裕が感じられるではないか。ああ、あんな狂気の沙汰《さた》は起きない。出来が悪い物真似《ものまね》なら、単なる虚仮威《こけおど》しに終わるが関の山だ。

——そんなもので、このミラボーを倒せるか。

倒せると見縊《みくび》られていたとするならば、そちらのほうが業腹《ごうはら》だった。

実際のところ、ミラボーは燃えていた。臆《おく》して萎縮《いしゅく》するどころか、総身に怒りの力が満ちている感じだった。その充実ぶりはといえば、ここ数カ月の体調不良も忘れるくらいだ。

そのあたりの機微は群集のほうでも察してしまうのだろう。ミラボーだ、ミラボーだと詰め寄せてくるものの、車窓を通して一睨《ひとにら》みくれられると、実際に手を出したりはしなかった。ただ臆病な目になって、それを誤魔化《ごまか》しがてらに悪態をついてから、よそに流れていくだけである。

それは議員たちとて同じだった。いうまでもなく、傍聴席は怒れる群集で埋まっていた。その汚い野次に背中を押された気になったのか、三頭派のデュポールが議席に向かうミラボーをつかまえて、なんとも不遜《ふそん》な物言いだった。

「伯爵、はっきり釈明してくださいよ。立法権と執行権の争いは続いているのです。今日は曖昧《あいまい》な言葉じゃあ通りませんよ」

「いわれなくとも、そのつもりだ」

ミラボーとしては格段に恫喝《どうかつ》の意図もなかった。が、デュポールも外の群集と変わらず涙目になった。はん、いいところの坊っちゃんが、勘違いするものではない。好んで獅子を怒らせなければ、まだしも楽しい勘違いを続けていられたものを、こうして牙《きば》を剝《む》かれてしまっては、もう夢さえみられないだろう。ああ、きさまらでは刃向かえるはずがない。気の毒だが仕方がない。

——ああ、やってやる。きさまらごとき、一吠《ひとほ》えで黙らせてやる。

ミラボーの意気がどうあれ、まさに勝負の際ではあった。檄文《げきぶん》は議事に無関係とはいいながら、これだけ騒ぎが大きくなっては、議長も無視することができなかった。なおミラボーに弁明を強いる筋ではないが、ミラボーのほうから発言を求められたなら、それを断る理由はない。

――つまりは俺《おれ》の演説ひとつだ。

演説が弱ければ、高じたままの大衆の圧力に押されて、さすがの穏健多数派の議員たちも、バルナーヴ案に一票を投じざるをえない。が、演説が強く、これだけの騒ぎさえ鎮めてしまうようならば、そのときは安心して、予定通りのミラボー案に投票できる。

――というわけで、さて、俺さまの時間の始まりだ。

発言の許可を求めると、やはり議長トゥーレは断らなかった。ミラボーは大股《おおまた》の歩みで演壇に進んでいった。

正面から見渡すと、議席から、傍聴席から、全体が頭を振り、拳《こぶし》を突き上げ、ときに弾劾《だんがい》の声を合わせながら、やはりというか、大きな波を打つようにみえた。とはいえ、さんざの威嚇も、こちらに見透かす気分があるせいか、不思議なほど耳に障る感じはなかった。

――ひたすら見苦しいだけだ。

おかげでミラボーは閃《ひらめ》いた。これぞ勝負と打つべき演説の第一声を、である。ああ、きさまら、まずは己の軽薄のほどを知れ。

「ほんの数日前のことです。この同じ場所に立っていた私に、皆さんは勝利を与えてくれようとしました。しかしながら、今になってみますと、この議場でばかりか、通りという通りでまで、さかんに叫ばれています。あのイカサマ師を殺せだとか、あの怪物じみた巨体をパリの街灯高くから吊るしてやれだとか……」

「それは、おまえのせいじゃ……」

「ミラボーの裏切りは由々しき話だ」

ミラボーは圧倒的な声量ひとつで、飛びこもうとした野次を制した。ええ、そんな風に私は責められています。ええ、ええ、裏切りは確かに許せるような話ではない。そういう御趣旨は、私も理解しているのです。ただ、なんともはや、人というのは変わってしまうものだなあとも。ほんの数日で、しかも誰が書いたか定かでない、信頼できるかどうかもわからない、そんな胡乱《うろん》な紙切れひとつ読まされたからといってなあと。

「まあ、今さらの教訓というわけでもありません。かのローマの都でも、政庁が置かれ、しばしば英雄を称《たた》えたカンピドリオの丘から、国事犯を崖下《がけした》に突き落としたというタルペイアの岩まで、さほどの距離もないわけですから」

さらなる野次は続かなかった。議席は無論のこと、爆発寸前だった傍聴席の群集まで、俄《にわ》かに言葉を呑《の》んでしまった。ざわつきさえ徐々に引けて、かりかりと記者どものペン先が紙を走る音が聞こえてしまうほど、みるみる静かになっていく。

本当に簡単に変わるものだなと、こちらのミラボーは妙な感心さえ禁じえなかった。なんとなれば、獅子の一吠えに臆するのだ。そうして弱気に駆られては、あっさり自分に矛を転じて、その変わり身を素直に恥じてしまうというのだ。

あるいは大衆は、その特性というべき敏感さで、彼方《かなた》と此方《こなた》を分けている人間の格の違いのようなものを、瞬間的に直感したのかもしれなかった。ならば、それを確信に変えてやるまでだ。

ミラボーは大きく息を吸いこんだ。肺腑《はいふ》の隅々まで空気が行き渡る感覚は、自分でも久方ぶりと思うくらいの快感だった。くわと大きく目を見開き、それを一気に吐き出すのだから、びりびりと窓硝子《まどガラス》くらいは振動してしまうだろう。しかしながら、なのです。

「道義のため、または祖国のために戦う人間というものは、そう易々《やすやす》と打ち負かされるものではない。地元で名を知られているとか、できると思われているとか、そんな虚《むな》しい称賛には満足することなく、真の栄光を見据えるからには、ちょっとやそっとの成功などには溺《おぼ》れることもなく、ひたすら真実だけを述べようとする人間もいるのです。移ろいやすい人々の意見に左右されることなく、公的善を実践しようとする人間はいるものなのです」

そこでミラボーは、ひとつ肩を竦《すく》めてみせた。

すでにして聴衆は自分に身を寄せている。そのことが手にとるようにわかるからには、いったん力を抜くことも効果的であるはずだった。一緒によろけてくれるからだ。あげくに切り返されたときには、もう堪《こら》える術《すべ》もなくなっているからだ。ええ、そういう人間は働き者でもありますよ。懸命に働くからには、報酬を得ることもあります。苦痛の日々にあっては、ときに楽しまなくてはもたない。危険さえ強いられるからには対価は当然のものでしょう。それでも、なのです。

「そんなもの、実をいえば、ひとつも気にかけていない。気にするのは後世、自分の名前がどうなるか、それだけです。時こそは腐敗なき公平な裁き手だからです。全ての人間に正しい裁きを与える唯一の判事だからです」

そうして一拍を置いたとき、完全に五分に戻したとミラボーは確信した。なんとなれば、この議場に入るときは、弾劾されるも同然の立場だったのだ。それが今では真実の裁判官は時だけなのだと、檄文に目を通した程度の人間に同じ資格があろうはずもなく、のみか政治家の真価を計ることは一朝一夕にはできない話なのだと、皆が得心しているのだ。

3——完全勝利

議場がざわついていた。

「なるほど、ミラボーがいうことにも一理ある」

「というか、そもそもミラボーを裏切り者扱いしたのは誰なんだよ」

「信じられる男なのか」

「さあ。ただフランスのためには働いていないな。少なくともミラボーの悪口を書いている間は働いていない」

嚙《ささや》きも個々の内談というより、すでにして聞こえよがしの御機嫌とりに等しかった。つまりは革命の獅子《しし》を責める意図など、もう完全に放棄している。裁かれる者がいるとするなら、それはミラボーだけではないとも恐れ始めている。なお自分だけは弾劾《だんがい》されたくないと思うなら、もはや生贄《いけにえ》は他にないだろうとも直感している。

「バルナーヴ君」

ミラボーは演壇から呼びつけた。名指ししたうえで槍玉《やりだま》に挙げるという仮借ない方法にせよ、こちらが始めたものではない。この期《ご》に及んで遠慮する謂《いわ》れはない。

「ああ、そこにおられましたか」

なんとなく左側を指しただけで、ミラボーは議席のなかに論敵の団子鼻を見分けたわけではなかった。が、そんなことは、どうでもよい。対決してやるという、こちらの気迫ばかりが本人に、いや、この議場に、ひいてはパリ中、フランス中に伝播《でんぱ》すれば、それでよい。

「私のこと、こっぴどく、やっつけてくれましたなあ」

議場に失笑が起きた。ここは少し笑われてよいところだ。ええ、敵対行動と戦争は違う、交戦の事実と戦争の実効を混同している、つまるところミラボーは馬鹿だなんて、ほとんど救いもないくらいの退け方でしたぞ。

「しかし、バルナーヴ君、そんなにも私と戦争したいのだったら、まずは議会の承認を取りつけてくれないと」

また議場は笑った。それも今度は、どっという感じで大きくなった。ミラボーは上機嫌にもみえるであろう調子で続けた。ほら、やっぱり無理だったでしょう。敵対行動というものは、しばしば議会の審議なんか待たないのです。知らない間に戦争状態に発展してしまうものなのです。宣戦布告しなければ、戦争じゃあないなんて、バルナーヴ君、だったら君と私は今なお仲よくダンスでもしているというのですか。

「こんなに多くの兵隊が、すでに動員されているにもかかわらず？」

笑いは、さすがに起こらなかった。文字通りの戦争になっていたからである。大衆を集めた三頭派が訴えたのは、本質的には暴力そのものだったからである。

今や緩急自在のミラボーはといえば、こちらは怒れる群集さえ揶揄《やゆ》の種にしながら、微塵《みじん》の躊躇《ちゅうちょ》もなかった。なんとなれば、律儀に論点を詰めていきたいわけではない。今このとき促したいのは、自覚なのだ。

暴力にものをいわせようとするのは、なにも王や閣僚というような権力者だけではない。いっそうの軽率さで民衆は、いや、普段は知的な正義漢を気取るような輩《やから》までが、あっさり武器をとってしまう。かかる真理に是が非でも気がついてほしいというのだ。

「よいとしましょう」

ミラボーは言葉のうえで先に進んだ。土台が無意味だ。なにが敵対行動にすぎなくて、どこからが戦争だなどと、そんな議論を重ねたところで報われません。なにより取り上げるべき問題は、もっと他にあるのです。

「気づいておられますか、バルナーヴ君。あなたは憲法の精神に背きました。憲法を愚《ぐ》弄《ろう》したといってもよい。なんとなれば、憲法は最高のものだ。立法権も、執行権も憲法には並びえない。王も、議会も、憲法の下にあるのです。にもかかわらず、バルナーヴ君、あなたは全ての権限を議会に与えたいと主張した」

「そんなことは、いっていない」

「なんだ、なんだ、論点が曖昧《あいまい》だぞ。それは全体なにを指しての批判なのだ」

「きちんと答えよ、ミラボー伯爵。でなければ、不当な印象論との責めは免れえないぞ」

確かめるまでもなく、左派からの野次である。バルナーヴ本人が混じっていたかなと、そんなことを考えながら、ミラボーは淡々と話を続けた。いや、曖昧な印象論などではないつもりですよ。

「というのも、あなた方は国王政府の権限濫用《らんよう》は取り沙汰《ざた》するが、議会の誤謬《ごびゅう》をなくする方策については、ひとつも論じようとはしていない」

「…………」

「憲法の力で王の手から権限を奪おうとする。かたわら、議会の権限は制限されることがない。が、それでは立法府には憲法の力が及ばないことになる。果たして、それでよいものだろうかと、それが私の問いかけなのです」

「しかし、今や主権は国民にあって……」

「人間は間違いを犯す。国民であろうと、議会であろうと、王と同じに間違いを犯す可能性がある。我を通すために暴力にものをいわせることだって、短絡的に多くの兵隊を集めてしまうことだってあるのです」

ここぞとミラボーは圧倒しにかかった。バルナーヴ君、あなたはペリクレスが考えもなしに戦争を始めたといいました。しかし、よく歴史を勉強されたがよろしい。ペリクレスは王ではない。大臣でもない。ただのアテネ市民でした。人々の情熱におもねることは得意だった。その鷹揚《おうよう》な大度に人々が讃辞《さんじ》を寄せてくれることも嫌いでなかった。そのペリクレスを調子づかせて、ペロポネソス戦争に突き進ませたのは他でもない、民会だったのではありませんか。つまりはアテネの国民議会だったのではありませんか。

「長たらしい演説など締めくくるときが来たようです。宣戦講和の権限を立法権と執行権が分有する、王と議会は協調しなければならないと、そう私が主張するのは、別な言い方をすれば、憲法の力をもって互いに牽制《けんせい》し、また監視する体系を設けたいということなのです。ええ、暴走を許してはならない。王の暴走にせよ、人民の暴走にせよ」

ミラボーは最後に駄目を押した。穏健な中道ブルジョワを、ギョッとさせてやるためだった。あるいは王では不足でしょうか。宣戦講和の判断など手に余るのみならず、議会を牽制し、監視する役割も果たせませんか。ならば、おかしい。だからと役割を与えることなく、王は無能たれ、ひたすらに無益たれというのはおかしい。

「いっそ王などいらないと宣してはいかがですか」

立憲王政を打ち立てるのでなく、共和政でも始めたがよろしい。そう結んで、ミラボーは演壇を降りた。

やはり巨体を馬車で運ばれる帰り道は、同じ日だなどとは思われないほど穏やかだった。人出が人出だっただけに、テュイルリ界隈《かいわい》の道路はどこも混雑して、応分に賑やかでもあったのだが、誰かを害そうという悪意となると、もはや綺麗に四散していた。

それが証拠に車窓を覗《のぞ》く者もなく、馬車のミラボーは誰にも見咎《みとが》められなかった。

今五月二十二日まで、宣戦講和の権限に関する提案は全部で二十二を数えていた。が、議長の提案で、向後《こうご》はバルナーヴ案、ミラボー案の二案に絞り、審議が進められることになった。あげく夕までに得られた結論は、次のようなものだった。

「宣戦講和の権利は国民に帰属する。戦争は国民議会の宣言によってしか決定されえない。しかしながら、その審議は王の提案、もしくは要請に基づき、また宣戦講和の決定も王の批准によって有効となる」

権限は事実上の分有とされた。王の権利は守られた。ミラボーの完全勝利だった。愛国派が押しこめたのは、次のような付帯宣言だけだった。

「フランス国民は征服を目的とするような戦争を放棄する。他の国民の自由を害するために、向後一切の武力を用いることはない」

採用されたのはロベスピエール流の無害な理想論であり、これで左派まで賛成票を投じたからには、いっそうミラボーの勝ちが大きくなったというべきか。

いや、はじめから勝利は決まっていた。ラ・ファイエット侯爵がミラボー支持の演説を試みるまでもなく、すでに多数派工作は達成されていたからだ。

それが途中で変わるということがなかった。変えうるだけの圧力は、やはり綺麗になくなっていた。おおさ、裏切りだなんて、ひとを簡単に責められたものじゃねえや。

「実際ミラボー伯爵がいうことには一理あるぜ」

「一理どころの騒ぎじゃねえ。議会随一の雄弁家は、やっぱり一味違うんだよ」

「議会第二のバルナーヴのほうは、どうだい」

「実をいうと、あんまり好きじゃないんだよな」

「おおさ、俺《おれ》も嫌いだね。田舎者《いなかもの》のくせしやがって、難しい言葉ばっかでさ」

「おお、おお、好き嫌いでいっても、やっぱり俺はミラボーさんだ」

帰りゆく群集のやりとりを小耳に挟めば、ミラボーは苦笑するのみである。そんなの、当たり前ではないか。バルナーヴの言葉は概念だけだ。加うるに俺の言葉には、きちんと血肉が備わるのだ。それが一番と二番を分ける決定的な差というものだ。

「うんうん、やっぱり、ミラボーは痺《しび》れるよ。ありゃあ、フランス人に好かれる男だ」

同じくらい王にも好かれたならば、口下手《くちべた》なラ・ファイエットなど敵じゃないのに。

そうも胸奥に続けながら、やはりミラボーは自嘲《じちょう》半ばの苦笑だった。

4――サン・クルー

車室に隣り合わせるのは、甥《おい》のデュ・サイヤン伯爵だった。

そこは血筋か、ふてぶてしいくらいに大柄な若者だったが、いかんせん気が小さい。歯痒《はがゆ》くなるくらいの不安顔で、さっきから外の景色ばかり覗《のぞ》いている。が、お生憎《あいにく》さまで車窓の向こうは、まだ夜も明けきらない薄闇《うすやみ》なのだ。

――知らない土地というわけでもなし。

夏時間の話であれば、そのうちに空はみるみる白んでいく。が、そうなっても車窓に続くのは、代わり映えしない森陰ばかりだと、それくらい、わかっているではないか。

「少し落ち着いたら、どうだ」

みるにみかねて、ミラボーは窘《たしな》めた。というより、こんな調子でうろたえられては、こちらの神経まで参る。ハッとした顔で振りかえっても、やはりデュ・サイヤンは泳ぐような目つきなのだ。

「しかし、叔父上《おじうえ》、こんな大それた真似《まね》をして、大丈夫なんですか、本当に」

「本当に大丈夫なものなどない。この世のなかには、ひとつもな」

そうやって、ミラボーは甥の臆病《おくびよう》を、ただ突き放してやった。懇《ねんご》ろに世話を焼いてやったところで、なんの甲斐《かい》もないからだ。落ち着かせてやったからと、どんな仕事ができるものでもないからだ。

――取柄といえば、いくらか洒落《しやれ》た屋敷を郊外に構えていることくらいだ。

デュ・サイヤン伯爵の住まいは、パリ西郊外のパッシーだった。七月二日の夜に泊めてもらい、三日も明けないうちに向かったのが、さらに西に広がるブーローニュの森だった。

その暗がりも、そろそろ終わりに近づいていた。森を抜けたところがサン・クルーで、なるほど城館の仕切りと思《おぼ》しき鉄柵《てつさく》がみえてきた。その連なりを舐《な》めるように丁寧に馬車を進めていくと、たぶん正門なのだろう、詰所の小屋が現れて、そこに番兵が二人ほど並んでいた。

青と白は国民衛兵の制服だった。こんな早朝に不審な馬車だと、睨《にら》まれても仕方ない状況だった。検問された場合の用心で、わざわざデュ・サイヤンに馬車を出させたのだ。

不審者ならざる近隣パッシーの住民である。ブーローニュの森に馬車を走らせることくらいはある。そうした口上で切り抜ける算段だったわけだが、そこは国民衛兵、所詮《しよせん》は素人のブルジョワ民兵にすぎないというべきか。だらしなく頰《ほお》を弛《ゆる》ませたまま、二人とも自分たちの無駄話に夢中だった。

――はん、女の話でもしていたか。

もっとも、馬車が門前に停車したわけではない。そのまま素通りしたというなら、国民衛兵どもの看過も職務怠慢と責められるべきではない。それはそうだが、こちらとしては、えんえん小道を西に逸《そ》れていくつもりはないのだ。

「一時間したら、迎えに来い」

馬車を停《と》め、自らは下車しながら、ミラボーは甥に命じた。

青白い空気に朝靄《あさもや》が流れていた。微《かす》かに孕《はら》んだ森の木の香ごと大きく腹に吸いこめば、臓腑《ぞうふ》に溜《た》まる毒素も中和されるのではないかと、ミラボーは冷やかし半ばの苦笑を浮かべた。

心臓のあたりに重苦しい感触がある。好んで遠乗りしたいほど、体調は良いわけではなかった。土台の病気に加えて、五月の議会で張り切りすぎた疲れが、容易に抜けてくれない感じもあった。

――さて、本当に登れるか。

自分を訝《いぶか》しがりながら、それでもミラボーは前に進んでいくしかなかった。よいしょと攀《よ》じ登るのは、今度は煉瓦《れんが》積みの塀だった。

なんとか巨体を越えさせた先は、植樹が続く庭園になっていた。手についた煉瓦の粉を、ぱんぱん叩《はた》いて落としながら、ふとミラボーはどうでもよいことを考えた。裏手なだけに、もしや今の塀というのは、表の鉄柵よりも古い造作なのかもしれないなと。目立たない場所だからと、煉瓦積みのままで放置されたのかもしれないなと。

事実、サン・クルーは由緒ある避暑地だった。

最初に城館を建てたのがジローラモ・デ・ゴンディ――十六世紀のフランス王妃カトリーヌ・ドゥ・メディシスに、その生家があるフィレンツェから同道してきたイタリア人である。

フランスに帰化したゴンディ一族が保有していたものを、十七世紀に今度はルイ十四世の弟オルレアン公フィリップが買いとることになった。かのルノートルをはじめ、ヴェルサイユの建設にも関係した高名な建築家、造園家を総動員しながら、大規模な改築の手が加えられたのも、この親王家が愛顧してきた時代の話である。

が、オルレアン公家も代替わりするにつれ、サン・クルーはあまり顧みられなくなった。しばらく打ち捨てられたようだったが、この森陰の別荘を気に入ったのが、今の王妃のマリー・アントワネットだったのである。

以来、フランス王家の所有に移され、パリ西郊外のサン・クルーといえば、国王一家が涼を求めて夏をすごす離宮として、またぞろ知らないものもなくなっていた。

――なるほど、実際に歩いてみれば、どことなく高貴な風がある。

下草の露に靴を濡《ぬ》らしながら、ミラボーは迷わず庭園を進んでいった。が、それ以上に朝は駆け足であるようだった。あちらこちら緑にシトロン色の陽光が弾《はじ》け出し、見上げれば空も力強い青みを増している。再び見下ろせば、もう随分と目が通る。

右手に小ぢんまりした池が覗いていた。人工的に掘られた池で、仕込まれている噴水は星形に水を噴射するのだと聞かされたが、まだ今は止められたままである。

人目を憚《はばか》る物陰もない、大きく開けた場所であれば、もちろんミラボーは近寄ろうとは思わなかった。さっきの国民衛兵が巡回に来ないともかぎらないからだ。目撃されれば、この高名な巨体は弁解のしようもないのだ。

――といって、隠れやすい木々の陰という奴《やつ》も……。

待ち合わせには不便だった。うまく落ちあえなければ、サン・クルーまで全くの無駄足ということになる。それ以上に大事な好機を逸してしまう。考えるほどに心臓の重苦しさが増すようで、ミラボーとしても木々の狭間《はざま》に目を凝らさないではおけなかった。

「…………」

それは三人ほどの人影だった。意外なくらい簡単にみつけられたというのは、召し物の色合いが緑の風景には毒々しく思われるほど、華やかだったからである。

上背があるではないわりに、大量の布地が使われてもいた。お付きを含めて、つまりは三人とも女だ。

大股《おおまた》の歩みを続けて、その面前まで進み出ると、ミラボーは恭しく片方の膝《ひざ》を落とした。

「フランス王妃マリー・アントワネットさまにおかれましては、ご機嫌うるわしゅう存じます」

国王一家は、一七九〇年の夏もサン・クルーだった。

いや、例年の避暑も王太子の急死という不幸に見舞われた昨年はかなえられず、それどころか、政治上の動乱で十月にはヴェルサイユからパリへと、予定外の転居まで強いられることになった。以来テュイルリ宮での生活を、実質的には軟禁生活を余儀なくされてきたわけだが、それも蒸し蒸しする夏にかぎるという条件で、今年は都心を離れた避暑を許されることになったのだ。

二月四日、ルイ十六世が簡素な黒の上下で議会に現れ、しおらしくも憲法制定支持を明言したこと、それ以後も反革命の運動が起こるでなく、政情が安定していること、等々が評価されて、ようやく国王一家は好意的な処遇に与《あずか》れるようになっていた。

議会が示した鷹揚《おうよう》な態度には、ミラボーの働きかけも大きかった。それを察したということか、国王側はサン・クルー避暑の機会に直《じか》に会いたいと打診してきた。

これまでは手紙か、でなければ、オーストリア大使、ラ・マルク伯爵、トゥールーズ大司教というような王家の近臣を間に置いてのやりとりだった。が、それでは、もどかしいというのだろう。いまひとつ信頼も深まらないというのだろう。

あるいは解決したい懸案がある、もう一刻も待てないと、仕事を急《せ》かすつもりなのかもしれなかったが、いずれにせよ直接会いたいと申し入れられれば、こちらのミラボーに異存のあるはずもなかった。

——ああ、とても嬉《うれ》しいと、素直にいおうか。

我が身に寄せられる期待が高まりつつある気配は、手紙から、仲介者の様子から、これまでも感じられないではなかった。

最初は半信半疑な風が垣間《かいま》みえた。それが最近のものになると、手放しの信頼で指示を求め、こちらが差し上げた進言にも無条件に従うと、それくらいの勢いまで感じさせるようになっている。その矢先に直接の会談を申しこまれたからには、いよいよ王家の屋台骨にと、そういうことなのだ。

かくて甥のデュ・サイヤンを動かしながら、サン・クルー行が練られることになった。議会に許可を求めて、公式の会談を持てないではなかったが、五月には「ミラボー伯爵の裏切りを暴く」とやられたばかりであれば、いくらか慎重にならないではいられなかった。

もっとも、かたわらに怯《おび》える甥を横目にして、はん、小心者め、俺《おれ》なら人目など構うものではないぞと、途中からは居直る気分も生まれていた。ああ、この俺が与《くみ》するかぎり、王家の安泰は約束されたも同然だ。ルイ十六世は万民の父として、これまでのフランス王と同じように、いや、これまでのフランス王に増して、この王国に君臨することになるのだ。

――その王ではないのは、どうしてか。

片膝を地面に落とし、長靴下に下草の露が沁《し》みいる冷たさに堪えながら、ミラボーは首を傾《かし》げないでもなかった。ルイ十六世は来ない。サン・クルーの待ち合わせに現れたのは、王妃マリー・アントワネットのほうだ。政治向きの密談となると、女のほうが怪しまれないからと、そういう配慮ゆえの話なのかもしれないが、にしても……。

「伯爵さま、どうか面をお上げください」

フランス語に全く訛《なま》りがなかった。命じたのは、お付きの女官のようだった。ミラボーは返した。いや、伯爵と呼ぶことだけは、控えられたがよろしい。

「六月十九日の議会で、世襲貴族の廃止が正式に決まっております。爵位も、家名も、家紋も使ってはならないとされました。これを厳格に適用するなら、小生のことをミラボーと呼ばれても、それは違法と咎《とが》められる羽目になります」

戯れを並べる気になれたのは、刹那《せつな》に心臓の重苦しさがなくなったからだった。自分では気づかなかったが、その実は緊張していたらしい。フランス王ルイ十六世と面談するつもりで、知らず肩を怒らせ、身構えるようなところがあったらしいのだ。

――その力みが消えた。

ずいぶんと楽になった。あげくの戯言《ざれごと》だったわけだが、まだ若い女官のほうは本気で咎められたのだと思ってか、可哀相《かわいそう》になるくらいに動揺していた。

かたわら、王妃のほうは白粉《おしろい》の塗り斑《むら》を残すまま、やはりというか、頬には動かしたような痕《あと》もなかった。ただ左右の青い瞳《ひとみ》だけは、こちらに注がれている。

とろんとしたような目の表情、先端が丸みを帯びた鉤《かぎ》なりの鼻梁《びりょう》、受け口の嫌いがある割に小さな顎《あご》、いうところのハプスブルク顔は、もちろん初対面というわけではなかった。

少なくとも、ミラボーのほうは何度となく目にしていた。ヴェルサイユでは議員の代表として、宮殿に私室を訪ねたこともあった。が、それも王家の側からみれば、名前を覚える価値もない、第三身分代表議員のひとりにすぎなかったかもしれない。プロヴァンス出の田舎《いなか》議員の醜顔からなど、むしろ努めて目を逸らしたかもしれない。

ルイ十六世なら、数語のやりとりはあった。それが王妃となると、言葉を交わすのも、これが全く初めてのことになる。

――にしても、硬いな。

ミラボーは多少の不安を禁じえなかった。先刻までの自分ではないが、ルイ十六世の名代にすぎないものが、こうまで身構える必要はあるまい。こうまで肩を怒らせては、名代の程度も務まるまい。とりつく島もない印象は、あるいはハプスブルク家の皇女に備わる生来の尊大さゆえなのか。

「ノートカ湾の問題は如何《いか》に」

いざ口を開けば、マリー・アントワネットの問い方は、ほとんど不器用でさえあった。まだフランス語が不得手なのかと思うくらいだ。これでドイツ語の訛りはかなり取れているというのが不思議なくらいだ。

5——会見

不自然な沈黙が続いた。ミラボーは答えなかった。というより、答えられない。どういう意味か、わからなかったからだ。なんとなれば、ノートカ湾の問題なら、とうに解決したはずなのだ。

それは五月の話だった。カリフォルニアのノートカ湾を巡るイギリスとスペインの争いに、フランスが介入するか否かの議論を入口として、議会は宣戦講和の権限に争点を移していった。伝統的には国王大権のひとつだが、今や主権は国民にあり、あるからには議会に権限ありとする主張を向こうに回して、ミラボーは王の提議権を確保するという形で、実質的な大権維持に漕《こ》ぎ着けたのだ。

——それを忘れたわけではあるまい。

こちらの感触をいうならば、それこそ王家のなかでミラボー株が飛躍的に値を上げた、きっかけの功績であるはずだった。

マリー・アントワネットは続けた。

「スペインとの関係が悪化しつつあります」

「ああ、それ」

ミラボーは思わず声に出してしまった。

王妃がいう「ノートカ湾の問題」とは、これに端を発した憲法上の議論のことではなくて、新大陸の彼方《かなた》で戦われている国際紛争そのものを指していた。イギリスと敵対している友好国スペインに、果たしてフランスは艦隊を送ることができるのかと、送りたいと王家の意向は伝えてあるはずなのに、議会の答えはないではないかと、そういう詰問だったのだ。

噴き出しそうになる自分を制するのに、多少の努力が必要だった。海軍を動かすか動かさないか、そんな話は議会では、もう議論されてもいなかった。問題にするまでもない些事《さじ》として、すっかり忘れ去られて久しいからだ。

今も固執しているのは、ひとり王家だけである。分家のスペイン王家に援軍を送れないでは、ブルボンの本家としての面子《メンツ》が丸潰《まるつぶ》れになると、そんなことを気にしていたというわけである。

「議会が無視を続けるならば、わたくしのほうにも考えがございます」

そうもマリー・アントワネットは繰り出してきた。ミラボーとしては、いくらか憮然《ぶぜん》とならざるをえなかった。この女は俺を脅すつもりなのか。というか、わざわざ俺を呼び出したのは、直談判で恐喝に及ぶためなのか。

底意を読めば、王でなく王妃が出てきた理由も察せられるような気がした。フランス軍を動かせないなら仕方がない。かくなるうえは実家に働きかけるしかない。となれば、オーストリア皇帝レオポルト二世の兵隊が出動することになるが、どうだと脅しをかけるには、ハプスブルク家から嫁いできた女の口を介したほうが、より説得的だというわけである。

——にしても、このミラボーを脅すか。

通じて議会を揺さぶろうとするか。笑止と正面から受け止めれば、どこまでが国王熟慮の考えで、どこからが王妃の勝手な独断なのかと、もしや女だてらに政治に嘴を挟んでいるのではあるまいなと、そちらの不安のほうが大きくなった。

なんとなれば、そんな簡単な話ではない。お兄さま、たすけてと、しくしく泣いてみせれば、たちどころに解決してしまうとする、そんな簡単な話ではない。

いや、それくらい安直に考えているなら、確かに放置できる話ではなかった。

ああ、国際紛争にしてはならない。ブルボンの身内であるスペイン王家、サルディニア王家、ナポリ王家は無論のこと、王妃の実家のオーストリア皇帝家から、近年への政情からして敵方というべきイギリス王家、プロイセン王家にいたるまで、諸外国と下手に通じられるのでは、あとあと面倒なことになる。

——あくまでフランスの問題として乗り切らなければ、その先はない。

ミラボーは始めることにした。いや、王妃さまに如何様《いかよう》な御考《おかんが》えがおありなのか、それは小生の知るところではございません。しかしながら、ひとつだけ御忠告さしあげたい。

「義弟君の話には、ゆめゆめ耳を傾けられませんよう」

マリー・アントワネットが表情を制しているのが、わかった。やはり、「わたくしのほうの考え」の、ひとつではあるようだった。ミラボーが仄《ほの》めかしたのは保守反動の最右翼で知られた王弟、アルトワ伯の陰謀についてだった。

この親王を盟主としながら、フランスから亡命を余儀なくされた貴族たちは、今このときも捲土重来《けんどちょうらい》の機会を狙《ねら》っているはずだった。逃れた先の宮廷に取り入りながら、フランスへの干渉を説得する日々なのだ。

これにフランス王まで密《ひそ》かに呼応してしまえば、あとは悲劇の一本道あるのみである。そのことが王妃には、まるで理解できないというのである。

「どうして耳を傾けてはいけないのです」

マリー・アントワネットが聞いてきた。ミラボーは即答だった。

「フランス王家が反革命の輩《やから》に落ちてしまうからです」

「…………」

「フランス王家がフランスを敵にしてしまうともいえます。困ったときに親兄弟に助けてもらうことが、あるいは友達に手を差し伸べてもらうことが、全体どうして悪いのかと仰《おつしや》るかもしれませんが、外国に助けを求めるようでは、やはり反革命の謗《そし》りは免れえないのです」

王妃は答えを返さなかった。が、その動かない表情が、ありあり不満の色を浮かべていた。フランスを敵にするつもりはない。フランスを我が手に取り戻すだけだ。反革命の輩に落ちるというが、そうした言葉で脅しをかける平民どもの増長と傲岸《ごうがん》こそ、我慢ならないというだけだ。ミラボー、それを罰してくれるのが、そなたの役割ではなかったのか。それくらいの言葉が内に渦巻いているのだろう。

――はん、短絡的な女ごときに臍《へそ》を曲げられたからといって……。

こちらも適当に話を合わせるつもりはなかった。誤解されたままにしておくどころか、これを千載一遇の好機として、はっきりさせておきたいとも考えついた。ミラボーは強引に先を続けた。ですから、王妃さま、今度は私の問いに答えていただきたい。

「革命はお嫌いですか」

「嫌いだと、どうなります」

「フランス王家は破滅いたします」

ミラボーが答えてやると、さすがの王妃もひくと眉《まゆ》の端を上げ、それまで大理石さながらだった表情を動かした。あるいは意図して、不愉快を表明したということかもしれない。仮に真実だとしても、いくらか言葉がすぎるのではないかと、そう礼儀作法の理屈から咎《とが》めようとしたのかもしれない。

実際のところ、王家の愛顧が欲しいのならば、言葉は選ぶべきだった。王族とは傷つけられることに不馴《ふな》れな人種であるからだ。それでもミラボーは手控えようとは思わなかった。確かに王家のために戦っているが、いうなりの下僕に落ちた覚えはない。王妃ごときに、いつまでも勘違いを許していては、土台が王家のためになるまい。

ミラボーは続けた。ええ、実際のところ、王妃さまは高等法院を再建したいと仰せなのですか。

「あの反抗的な最高裁判所のことです。ことごとく財政改革に反発したあげくに、陛下に全国三部会の召集を強いた、あの利己的な叛徒《はんと》どもの牙城《がじょう》のことです」

「確かに高等法院には、良い思い出がありませんね」

「貴族はいかがです。貴族の地位を再興してやったとしても、連中、そのことで王家に恩義を感じたりはしませんよ。なにせ特権だの、既得権だのを振りかざして、あれだけ王家を困らせてきた輩なわけですからね」

「だから、逆に革命を支持しろというのですか。けれども、来《きた》るべき連盟祭にはオルレアン公が帰国するとの噂《うわさ》もあるではありませんか」

革命一周年を祝うために七月十四日に行われる予定の祭典、それを議会は「連盟祭《フェット・ド・ラ・フェデラシオン》」と呼ぶことに決めていた。オルレアン公というのはパレ・ロワイヤルの主《あるじ》、親王家の立場にもかかわらず、多年自由主義を標榜《ひょうぼう》して憚《はばか》らなかった、王家にとっては獅子身中《しししんちゅう》の虫である。かねて王位に野心ありと噂された人物でもあれば、これをフランスに戻すような革命を好きになれるはずがないと、それが王妃の言い分なのだろう。

「しかし、連盟祭の場なのでございますよ。オルレアン公など恐るるにたりますまい」

「なぜ、です」

「ルイ十六世陛下は、すでに革命とともにあられるからです」

マリー・アントワネットは沈黙で応《こた》えた。先を促しているのだと解して、ミラボーは畳みかけた。ええ、ここが大切なところです。王妃さまにおかれましては、是非にも御理解いただきたい。また陛下にも正しいところを、御伝えいただきたい。ええ、オルレアン公など恐るるにたらず、なのです。

「革命とともにあるかぎり、フランス王家は安泰です」

「革命あるかぎり、反抗的な貴族はいない、高等法院もないという意味なのでしょうが、かわりに今は第三身分がいるではありませんか。議会があるではありませんか」

「だから、なのです、王妃さま」

マリー・アントワネットは再び無言で先を促した。ミラボーは声を強めた。議会は法律を定めます。なかんずく憲法を定めます。ゆえに王家のためになれるのです。これまでの王家が安泰でなかったというのは、その地位が法に裏付けられていなかったからです。古《いにしえ》からそうだったのだとか、神から与えられたものなのだとか、その権力の根拠は曖昧《あいまい》にして薄弱だったと、そう退けざるをえません。

「立憲王政は違います。王の地位が法で明確に規定されております。いわば、法に守られている。法とは国民の一般意思のことですから、国民に守られているといいかえても、さしつかえありますまい」

「しかし、その国民が問題なのではありませんか」

「なにが問題です」

「わたくしが感じますところ、あまり王家に好意を抱《いだ》いているようには……」

「たとえば、誰の話をなさっておられます」

「ですから、議会です。議会は王家を敵視し、そうまでしなくとも、王家から権能を奪おうとしている……」

「議会など取るにたらない。というより、今の議員どもなど恐れるに値しない」

王妃は目を丸くしていた。ミラボーにとっては熱弁の振るいどころだった。ええ、あんなものは気にする必要もない。多数派を占める安堵感《あんどかん》から、ブルジョワ議員は無理な発言に及びません。やかましいのが左右ですが、革新にせよ、保守にせよ、こちらの議論は極端に走りがちですから、最後は物別れに終わらざるをえません。

「早晩議会は分裂しますよ。少なくとも、国民が意思を託せる機関ではなくなる。けれど、それは誰かが担うべきものだ。担われなければ、国民が不幸になってしまう」

「どういたしましょう」

「私が思うに、そこに登場するのが革命に守られた王家です。その地位は憲法で保障されているのですから、堂々としていればよいのです。やくたいもない議会など解散すると、再度の総選挙で新しい議員を選ぶと、そう布告なされればよいのです」

「できますか」

「国王政府に時宜《じぎ》を誤らず、しかも時に臆《おく》さずという、有能な大臣がいれば」

「有能な大臣というと……」

「見極めが大切になりますから、議会のほうにも通じる人間が望ましいでしょう」

王妃の表情が動いた。それをミラボーは、もっと大きくしてやりたいと思った。

「張りぼてのカエサルのことではありませんよ」

マリー・アントワネットは口を押さえた。ほほほ、ほほほと風のような笑い声を、木々の葉に絡ませながら、苦しそうになるまで続けた。ええ、ええ、張りぼてだなんて、ミラボー伯爵も御上手ですこと。本当に張りぼて。若いときにアメリカなんかに渡って、ちやほやされたものだから、とんでもない大物みたいに自惚《うぬぼ》れてしまって。

「わたくしもラ・ファイエットは嫌いです。革命の前から嫌いでしたよ」

生き生きした言葉を迸《ほとばし》らせながら、一変したマリー・アントワネットは、ようやく素顔をみせることにしたようだった。が、その顔にミラボーは思わずにいられない。オーストリア女帝マリア・テレジアは、娘をフランスに嫁がせるにあたって、その思慮が浅く、軽々しくさえある性格をひどく心配していたという。なるほど、ラ・ファイエットの悪口をいうにしても、仄めかすに留《とど》めることなく、実名まで挙げてしまうのだから、確かに軽々しい憾《うら》みはある。

マリー・アントワネットのほうはといえば、弾みがついた勢いのまま、いよいよ白い手まで差し出していた。恭しく受け取り、接吻《せっぷん》を捧《ささ》げてから、ミラボーは言葉を託した。

「王妃さま、これでフランスの王政は救われました。そう国王陛下にも、お伝えください」

まあ、よいと、それがミラボーの結論だった。まあ、よい。この思慮分別に欠ける女が、自分で考え、自分で行動するというなら由々しき問題だが、ルイ十六世の名代にすぎないならば、まあ、これでよいとしよう。女ゆえの思いこみの激しさで、陛下のところに戻るや、ミラボー、ミラボーと声も大きく連呼してくれるようならば、かえって重畳というべきなのかもしれない。

――さもなくば、ルイ十六世のほうは鈍重すぎて……。

帰路は身体《からだ》が軽く感じられた。堪えがたいほどの疲れは、サン・クルーに置き忘れてきたかのようだった。うまくいっている。全て、うまくいっている。ああ、やってやる。まだまだやってやるぞと、ミラボーは先を逸《はや》る気持ちにさえ駆られていた。

6――アヴィニョン問題

「いや、ですから、もはや王侯貴族の出る幕などないのです」

そうやって、ロベスピエールは議場に言葉の楔《くさび》を打ちこんだ。大原則を唱えるのも、演説の有効な技術だからだ。最初に印象づけておけば、続けて細部を論じるときにも、わかりやすくなるからだ。ええ、そうです。なにより大切なのは人民の意思なのです。

「それはアヴィニョンとて同じなはずだ」

七月十日になっていた。その日の議会は、オランジュの検事ボイエからの問い合わせを審議していた。

オランジュは旧プロヴァンス州の北西の角であり、都市アヴィニョンからすると、真北に四リュー（約十六キロ）ほどの近さである。問い合わせというのは、反革命騒擾《そうじょう》の科《とが》で逮捕したアヴィニョン貴族数名を、身柄拘束のまま訴追するべきか、それとも即時釈放するべきか、議会の指示を仰ぎたいというものだった。

「反革命の輩《やから》を釈放するなど、まさに言語道断の話です。人民は革命を支持しているのです。それが証拠にフランスの他都市と足並を揃《そろ》えながら、アヴィニョンは市政の民主的刷新も達成しているほどです」

ロベスピエールは演説を細部に絞りこんでいった。議会書記三人のひとりに任じられていたこともあり、とりわけ事情に通じていたが、他の議員にしてみても、まるで初耳という話ではないはずだった。

そもそもの事件は遡《さかのぼ》ること一カ月、六月十日に起きていた。革命派市民の台頭に苛《いら》立《だ》ちながら、アヴィニョンでは守旧派貴族が武装蜂起《ほうき》の挙に出ていた。市政の実権を奪還しようとしたようだが、激情に駆られた無謀な蜂起でしかなく、すぐさま市民の反撃に見舞われた。というより、こちらには同じ革命を奉じる仲間があった。

応援が呼びかけられると、周辺地域、わけてもオランジュの国民衛兵は隊伍《たいご》を組んで、もう十一日にはアヴィニョンに駆けつけた。ブルジョワ民兵隊は騒擾を収め、取り押さえた蜂起貴族もオランジュに移送した。

憲法制定国民議会への問い合わせがあったのは、その身柄の取り扱いについてだった。

断罪あるべし、当たり前の話だと、ロベスピエールは疑いもしなかった。が、いざ意見を求められると、議場では穏健派も右寄りといわれる議員マルーエ、はっきり右の議員モーリ師と、即時の無罪放免を主張する声が続いたのだ。

その後に発言を求めたのが、ロベスピエールだった。求めずにはいられなかった。

「いや、おかしい。無罪放免というのは、どう考えても、おかしい。つまるところアヴィニョンの事件というのは、ニーム、モントーバン、トゥールーズと南フランスで続発している騒擾と、根は同じとみてよいわけですからね」

ロベスピエールは熱弁を続けた。カトリックとプロテスタントの争い、貴族と平民の争いと、それぞれ図式に微妙な違いはありますが、いずれにせよ、許されざる反革命の萌芽が現れているわけです。

「これは早目に摘み取らなければなりません。現に議会は今日まで断固たる態度で接してきたはずだ。ときに特使を派遣し、ときに軍隊まで動員しながら、革命の完遂を図ってきたはずだ。にもかかわらず、アヴィニョンだけ対応が違うというのは……」

「違うだろう、アヴィニョンは」

野次が飛びこんできた。だから、揉《も》めているのだ。だからオランジュからも、わざわざ問い合わせが来ているのだ。

「他と同じであるわけがない。アヴィニョンは、いってみれば外国なわけだからな」

「外国というのは、いいすぎだ」

「いや、外国も外国ですぞ。下手《へた》な干渉なんかできたものじゃありません。よりによってアヴィニョンは、ローマ教皇の土地になっているわけですからな」

専ら右列からの野次にすぎなかったが、それとして事実ではあった。

都市アヴィニョンならびにコンタ・ヴネサンと呼ばれる周辺一帯は、ときのフランス王フィリップ三世の割譲で、一二七四年以来ローマ教皇の領土になっていた。続くフィリップ四世の時代には、教皇庁そのものがアヴィニョンに移され、中世の末葉にかけてはキリスト教世界の都として、未曾有《みぞう》の繁栄を謳歌《おうか》した歴史もある。

「であるならば、逆にアヴィニョン市民こそ罪に問われるべきだ。なんたる忘恩、なんたる瀆神《とくしん》、ええ、ええ、叛徒《はんと》として、人殺しとして、きゃつらこそ地獄に落とされるべきだ。なんとなれば、あろうことか続く六月十二日には、教皇特使カッソーニ猊下《げいか》を追放しておるわけですからな」

右からの野次も明らかに聖職議員の叫びだった。ええ、ええ、実際のところ、教皇聖下は教皇聖下で、フランス王にフランス軍の出動と叛徒鎮圧を求められております。アヴィニョンの教皇派貴族を、すぐさま釈放するのは当然の話として、むしろ議会が議論を尽くすべきは、派兵要請に応《こた》えるべきか否かで……。

「きさまらはローマの犬か」

「教皇庁とは決別するのではなかったのか。フランスの聖職者は公僕として、向後《こうご》は国家の俸給を受ける身になるのではないのか」

「その言を違《たが》えるというならば、おまえたちとて反革命の嫌疑で逮捕されかねんぞ」

左からジャコバン・クラブの仲間が野次り返してくれた。土台がロベスピエールにしても、右からの野次なら怖いとも思わなかった。もう連中は追い詰められているからだ。あげくに苛々しているだけだからだ。

左派の仲間が続けていた。だいたいが、不服があるというならば、聖職者民事基本法の審議中に、きちんと申し立てればよかったのだ。

「はん、申し立てようなどなかったかな。はん、お坊さまの御不満など、理屈らしい理屈にさえならなかったわけだしな。無知蒙昧《むちもうまい》な迷信ばかりで、議論の嚙《か》み合いようがなかった。そのことも聖職者民事基本法の審議の過程で、明らかになっているわけだからな」

実際のところ、五月二十九日に始まった聖職者民事基本法の審議は、その大方の予定を終えて、あとは投票にかけられるだけとなっていた。

揉めたのは霊的分野におけるカノン法（カトリック教会法）の優位を認めようとか、失職する司教に対する補償を考えようとか、老齢聖職者の処遇をどうするつもりかとか、そんな瑣末《さまつ》な問題ばかりだった。無駄な聖職禄の削減による徹底した合理化、聖職者の選挙制、聖職者の給与制という三本柱に関しては大した反論もないままに、審議は教会改革委員会が提出した原案を、ほぼ認めるような形で推移したのである。

にもかかわらず、この土壇場で聖職議員は不満を隠さないようになった。いや、議員ならざる高位聖職者も、わざわざ議会に書簡を寄せて、聖職者民事基本法に反対の意を告げてきたくらいであり、滞りなく進んだ議事の模様に反して、実際の雰囲気は穏やかでなかったのだ。

「だから、今は難しいときではあるんだなあ」

「ふむ、確かに聖職者民事基本法がきちんと成立する前に、ローマ教皇庁を徒《いたずら》に刺激するべきではなかろうなあ」

「でなくとも、教皇ピウス六世は憤慨を隠さなくなっているしなあ」

今度はロベスピエールも、ぐっと息を呑《の》まざるをえなかった。野次というほど攻撃の意図はなく、むしろ勝手な呟《つぶや》きに近いものではありながら、それが多数派を占める中道平原派《プレーヌ》から立ち上がった声であるかぎり、聞かないわけにはいかなかった。

ピウス六世の反感というのも、それまた事実ではあった。

フランスで採択された人権宣言に、かねて不快感を露《あらわ》にしてきた教皇である。教会財産の国有化に始まる一連の改革を伝えられるだに、怒りを募らせていたともいわれる。聖職新たに聖職に就いたとき、挨拶《あいさつ》がわりに一時金をローマ教皇庁に上納するという、聖職禄取得金の制度もフランスでは廃止されたが、これで事実上の不利益までこうむったことになる。

「あげくに今度のアヴィニョンだ。教皇聖下が、いつまでも黙っておられると思うなよ」

右派の聖職議員たちが俄然《がぜん》勢いを取り戻していた。

「キリスト教の精神は万国共通のものなのだ。自国の教会とはいえ、本来ならフランスが一国の都合で勝手にいじれるものではない。こんな出鱈目《でたらめ》が行われているというのに、聖下が看過なされるわけがない」

「ピウス六世聖下は現に書簡を送られたではないか。聖職者民事基本法はフランス聖界にシスマを誘発しかねないと、厳に警告されたではないか」

「ルイ十六世には内乱の恐れまでありと忠告したとも聞くぞ」

まるで教皇権至上主義《ウルトラモンタニスム》の大合唱である。フランス教会の独立性を重んじる、いわゆるガリア教会主義《ガリカニスム》で大勢が占められていたはずの聖職者たちが、俄《にわ》かに教皇頼みに転じたというのは他でもない。

「忘れるな。最低でもフランス教会会議は開催せよと、それが教皇聖下の御意向だ」

聖職者民事基本法の争点といえば、それだった。

7――それは外交問題か

五月二十九日、審議の冒頭において、エクス・アン・プロヴァンス大司教ボワジュランは、ガリア教会主義の論理的必然としてフランス教会会議の設置を求め、教会改革の権能が委《ゆだ》ねられることを求めた。

これを憲法制定国民議会は否決した。当たり前の話だ。国民の主権が侵害されるからだ。その代表たる議会の権限が制約されるからだ。

納得して、聖職議員たちも引き下がったかと思いきや、連中は議場の議論に訴えるでなく、かわりに早飛脚をローマのほうに走らせた。教皇ピウス六世の介入をもって、フランス教会会議を実現しようとしたのだ。

「難しいな。やはり難しい状況だな」

ぶつぶつと続けたのは、再び中道平原派の議員たちだった。

「一種の外交問題でもあるわけだからな。土台が緊迫した事態なわけだからな」

「加えてアヴィニョンの問題でも教皇を刺激するというのは、ええ、ええ、どう考えても利口な態度ではありません」

「ここは慎重に。あくまでも慎重に」

そう声を合わせる様子を演壇から眺めながら、ロベスピエールは奥歯を強く嚙《か》み締めないではおけなかった。

難局は理解していた。が、だからこそ、消極的になるのは好ましくないと、それがロベスピエールの見解だった。ああ、ここで折れるわけにはいかない。まして毅然《きぜん》たる態度を示さなければならない。きちんと筋を通さなければならない。

——聖職者がローマに依存する態度を強めれば強めるほど……。

それを喜ぶ輩《やから》がいる、ともロベスピエールは考えていた。いうまでもなく、諸外国に亡命した貴族たちである。坊さまたちがローマを動かすならば、こちらはスペインを、あるいはオーストリアを、イギリスをと、それぞれが身を寄せている宮廷で、干渉の働きかけを逞《たくま》しくするに違いないのだ。

——これを許すようでは、新生フランスは諸国に圧殺されてしまう。

自己を改革する以前に、他に潰《つぶ》されてしまう。そのことを思えば、ロベスピエールは今にも息が詰まりそうになる。ここで隙《すき》はみせられない。断じて弱気になどなれない。カトリック教会の超国家主義であれ、王侯貴族の血で結ばれた友誼《ゆうぎ》であれ、ひとつも認めるわけにはいかない。

そのためには祖国フランスを前面に出すことだった。自由、平等、友愛の精神で、赤白青の三色旗はためく理想郷、フランス、フランス、フランスと。

「アヴィニョンを見捨てるというのですか」

ロベスピエールは巻き返しに転じた。お忘れか、議員諸氏。この四月にアヴィニョン市民は、きちんと我らに意思を伝えてきたはずです。フランスの憲法を採用したいと。フランスに併合されたいと。フランスの一員になりたいと。この六月二十二日にはコンタ・ヴネサンまでが、同様の意思を表明するにいたっています。二十六日にはアヴィニョン代表が、いよいよ遠路パリまで足を運んできたのです。

「当然です。ええ、ひとつも不自然なところはない。というのも、アヴィニョンはイタリアにあるわけではありませんしね。パリに来られたアヴィニョン市民の面々も、フランス語を話していましたからね。少し訛《なま》りはありましたが、あれはイタリア語なんかじゃない。なるほど、北にドーフィネ、西にラングドック、東から南にかけてプロヴァンスと、ぐるり四方をフランス人の土地に囲まれているわけですからね」

案の定で、野次が飛んでくる。ロベスピエール君も、わからない男だな。だから、そういう話ではないだろう。アヴィニョンの領主は、ローマ教皇だといっているのだ。フランス人の土地から近いとか、遠いとか、そんな話は関係なく、教皇庁の飛び地になっているというのだ。

「だから、ローマ教皇の主権を害するわけにはいかないと……」

「ですから、私とて最初に申し上げております。国家を論じる場合にも、もはや王侯貴族の出る幕などないのです。大切なのは人民の意思なのです」

ロベスピエールは指を立てた。確かにアヴィニョンはフランス王の持ち物ではありません。だからといって、フランス王国の一部になる資格に劣るとはいえない。なんとなれば、我々が進めているのは革命なのです。いうなれば、発想の転換なのです。

「あなた方が仰《おっしゃ》るように、これまでは国とか領土とかいえば、誰が領主でと、誰が支配してと、専ら上からの把握をもって論じられてきました。けれど、これからは違う。人民はどこの国に属したいのか、どこと一緒に歩みたいのか、尊重されるべきは下からの志向になるのです」

もちろん反論も止まない。

「革命の理想は理想として、発想の転換は転換として、それ自体は結構な話ですが、だからといって、余所《よそ》さまにまで無理に押しつけるわけにはいきますまい」

「だから、アヴィニョンは余所ではありません。フランスです。したがって、外交問題などではありえない。人民の意思を尊重するなら、飛び地などという不自然な形態は、ありえないはずなのです」

「ならば、ロベスピエール君、もうひとつモナコは、どうだ。フランスなのか。ベルギーも、ルクセンブルクも、フランスなのか」

「個人的な見解によれば、そうなる可能性は高いと」

「はん、暴論にも程がある。まったくもって呆《あき》れた話だ」

「そうでしょうか。いや、仮に暴論だとしても、無責任であるよりはマシでしょう。フランスに属したい。フランスと一緒に歩みたい。そうしたアヴィニョンの申し出を光栄であるとして、憲法制定国民議会は受け入れたはずなのですよ」

「受け入れてはいない。アヴィニョンならびにコンタ・ヴネサン併合に関する答えは、いったん保留のうえで、審議延期とされたはずだ」

「ということは、断ったわけでもないと。アヴィニョンがフランスの一部になる可能性が、まったく消えてしまったわけではないと」

「将来においては、ああ、あるかもしれない。ただ現状は外国だ。アヴィニョンはローマ教皇庁の領土だ」

「いや、それは違いますよ。併合保留ということは、もう半分はフランスの領土のようなものです」

「だとしても慎重に、ローマの神経を逆撫《さかな》でしないように、慎重に」

それからは各派入り乱れての怒鳴りあいになった。そんな屁理屈《へりくつ》を捏《こ》ねたからと、他人の土地に手を出してよいことにはなるまい。財産権は神聖だというのも、革命の精神ではなかったのか。やかましい。教皇の土地ということは教会財産ではないか。すでに議会はアヴィニョンの国有化を決めていたことになる。いや、没収できるのは、フランスの教会財産だけだろう。ローマのそれに手を出しては、たちまち外交問題になる。だから、アヴィニョンはフランスなのだ。ローマであるはずがないのだ。

「ならば、軍隊を送りこんでみよ」

危ういくらいに顔面を紅潮させて、その僧服の議員にいたっては脅すような調子だった。ああ、アヴィニョン貴族の身柄を拘束するに留《とど》めず、それなら、いっそ軍隊を進駐させて、アヴィニョンを征圧してみるがよい。

「ローマは宣戦布告と受けとるぞ。侵略行為と受けとって、諸外国は非を鳴らすぞ」

「だから、なんだというのです。個人的には武力の発動には反対ですが、やむなく用いる事態に迫られたにせよ、フランスの国内問題として、堂々と処理すればよいと思います」

「しかし、ローマは……」

「あなたはフランス人でしょう。ローマの立場を代弁する理由が、全体どこにあるのです」

憲法制定国民議会に覚える不満にあるとは、さすがの僧服も答えなかった。革命には賛同してきたからだ。聖職者の立場が危うくされさえしなければ、今も熱烈な人権の擁護者だからだ。

——にもかかわらず、聖職者民事基本法には納得できないでいる。

もう投票は明後日七月十二日に行われる予定なのに、納得するだけの議論が尽くされたわけでもない。かわりにローマ教皇に期待する。外交問題にして大騒ぎする。そんな暇があるならば、やはり議論を尽くすべきではないかと、ロベスピエールなどは思わないではないのだが、それも聖職者にいわせると、もとより神とは信じるもの、議論するものではないと、そういう御説《おせつ》のようだった。

8――連盟祭

せっかくの祝祭なのに、あいにくの雨だった。朝方には土砂降りでさえあった。が、その激しい雨脚も午後に入ると、もう水煙を立てるほどではなくなった。

白濁しながら、なお空に漂うものがあるとすれば、それは群集の背中という背中から立ちのぼる湯気だった。どれだけ天が配慮して、水で冷やしてやろうとしても、熱くなるばかりの人間たちには、それを上回る勢いがあったということだ。

なるほど、その足音は行く先々に、革命の熱狂を運び届けるものだった。ざっ、ざっ、ざっと軍靴《ぐんか》を揃《そろ》えて鳴らしながら、行進の国民衛兵は全部で五万を数えた。

入り組んだパリの路地に出現するほど、目を見張るばかりの大軍だった。これがバスティーユ要塞《ようさい》跡地に集合したのは、まだ夜も明けないうちだったのだ。

一七九〇年、七月十四日、パリ、それが全国連盟祭の始まりだった。

八列縦隊を組みながら、兵団が楽隊に送り出された時刻こそ、あらかじめの打ち合わせ通りに午前八時きっかりだった。が、そのあとの予定は、ことごとくが遅れた。パリはのっけから熱狂の虜《とりこ》にされてしまったのだ。

晴れの行進を是が非でも拝みたいと、人々は雨など忘れて表に出た。冷たい雨に濡《ぬ》れるとなれば、負けずに焚火の火をあげて、前日からパリを不夜城の体《てい》にしていた。いざ目の前を青と白の軍服が通りかかれば、摘みたての花を投げるわ、焼きたての菓子をわたすわ、あげくが手を取り、抱きつき、接吻《せっぷん》を押しつけるわで、いちいち大騒ぎだったのだ。

「サ・イラ、サ・イラ」

なんとかなる、なんとかなると繰り返す歌手ラドレの流行歌が、いたるところで歌われた。

「ああ、サ・イラ、サ・イラ、サ・イラ。貴族どもは街灯さ。ああ、サ・イラ、サ・イラ、サ・イラ。貴族どもは吊《つ》るしてやるんだ。自由は、しっかと根を下ろす。暴君なんか関係ねえ。全部うまくいくはずさ」

行進はタンプル大通りからサン・ドニ通り、さらにサン・トノレ通りと、パリ右岸を北から西へと抜けていく進路をとった。ルイ十五世広場で憲法制定国民議会の議員団と合流すると、いよいよセーヌ河を左岸に渡り、めざす最終地点がシャン・ドゥ・マルスだった。

この練兵場に到着したのは、先頭で午後の一時をすぎていた。最後尾が所定の位置につくまでには、もう二時間から三時間は食われてしまうだろう。

淡々と進んでいくとは考えられなかった。この主会場でこそ熱狂が頂点に高まるように、幾重もの趣向が凝らされていたからだ。

土台が壮観なアンヴァリッド（廃兵院）が聳えている界隈である。かつて加えて、国民衛兵隊がシャン・ドゥ・マルスに入るためには、巨大な凱旋門を潜らなければならなかった。

建築家セルリエの設計による白亜の凱旋門は、革命を機に採用されそうなメートル法に倣うならば、おおよそ高さ二十五メートルになんなんとする大きさだった。三連アーチで三口のトンネルを通しているだけに、横幅はさらに大きいことになる。

「貴様たちなど、もう恐れたりするものか。卑しむべき暴君にすぎないではないか。

加えられてきたのは、まさしく圧政だ。

それも百もの違う名前を使われてだ」

そう刻まれた凱旋門を抜けた先の練兵場も、ただ広いだけの砂場ではなくなっていた。幾重もの楕円が整えられ、擂鉢状に迫り上がる外縁に観客席が置かれていたので、古代ローマの円形闘技場さえ彷彿とさせる体になっていた。

これに三十万とも、四十万ともいわれる観客が、びっしり隙《すき》なく詰めかけていた。端《はな》から神経を上擦らせているような群集が、あらんかぎりの声を張り上げ、あるいは拳《こぶし》を突き出し、または楽器を掻《か》き鳴らす大歓迎だったのだ。入場する国民衛兵隊のほうが、かえって面食らう番だったのだ。

「フランス万歳《ヴィーヴ・ラ・フランス》、フランス万歳」

まったく、よくやる。冷笑で片づけようと努めるも、タレイランとて認めていないではなかった。

入口の凱旋門にせよ、練兵場の円形闘技場にせよ、まるきり新設の造成工事は誰に強いられたわけでない、パリの人々が自発的に進めた仕事だった。鶴嘴《つるはし》を担ぎながら、自ら足を運んでは、日当もないというのに働きを惜しむことなく、雨が降り、風が吹きの悪天候に見舞われようと、めげずに続けた突貫工事で、とうとう名もない人々だけで、祝祭の舞台を完成させてしまったのだ。

――七月十四日を祝うためなら、かい。

いうまでもなく、それは一年前にバスティーユ要塞を陥落に追いこんだ日付である。

革命一周年を記念するための祝典が、連盟祭、または全国連盟祭と呼ばれていたのは、それまた自然発生的な声に求められてのことだった。

一七八九年七月十四日の前後に、ブルジョワ民兵が組織されたのは、パリだけではなかった。貴族の陰謀、大恐怖《グランド・プール》、と言葉が飛び交い、フランス全土が社会不安に陥れられた折りであり、それぞれ地域の実情に応じて、種々雑多な民兵隊が組織された。

これに改革の手が入れられることになった。六月五日、パリ自治団の提案で、フランス全土のブルジョワ民兵は、ひとつの国民衛兵隊として編制しなおされること、全国組織とする際には、各県の民兵隊が集まる連盟《フエデラシオン》の体裁を採ることが決定した。

地方では国民衛兵という呼び方より、連盟兵という呼び方のほうが好まれる所以《ゆえん》だが、さておき各県ごとに編制が進められると、その結成を祝う自治体も少なくなかった。

これが連盟祭と呼ばれたものである。各地で祝いが相次ぐほどに、せっかく全国組織としたのだから、フランス挙国的な祝祭は催せないものだろうかと、どうせなら革命一周年と一緒にできないだろうかと、かくて全国連盟祭の構想も自然と持ち上がることになる。

最初に声を上げたのが、サン・トゥスタージュ街区の国民衛兵隊だった。その提案を取り上げたのが、市政の安定をみつつあるパリ市長バイイである。そのバイイに相談を持ちかけられて、議会に提案した議員もいた。

――それが、このタレイランというわけだ。

悪くないと、それが考えを聞かされた刹那《せつな》の閃《ひらめ》きだった。いや、常識で考えるなら、馬鹿らしいの一語に尽きた。七月十四日を祝おうという声は前々からありながら、それも全国津々浦々から連盟兵を集めた大がかりなものとなると、無駄な骨折りといった印象のほうが強くなるからだ。

実質的な意味がある企画でもない。莫大《ばくだい》な金もかかる。議会での正式決定が六月二十一日の話であれば、準備に費やせる時間も少ない。それでもタレイランは、やろうと積極的に動いたのだ。

なんとなくだが、うまくいっていない感があった。

なにか大きな問題があるではない。暴力沙汰《ざた》が頻発して、不穏な空気が満ち満ちているわけでもない。むしろフランスは静かに落ち着いていた。が、それだけに誰もが自分を取り戻しつつあるような、ハッとしながら、慌てて守りに入るような、そんな嫌らしさも感じられないではなかったのだ。

――が、このままでは変われない。

革命が勃発《ぼっぱつ》したとき、それこそ七月十四日にパリが暴発したときには、ありとあらゆるものが一新されるだろうという、否応《いやおう》ない予感があった。その勢いが明らかに失速している。それぞれが己の立場と利害を顧みながら、あのときみていた夢は夢でしかなかったことに気づき始めている。気難しい文章を弄《ろう》することで、ぐちぐち文句ばかりの輩《やから》が妙な幅を利かせ始めたりもしていて、そんな風ではフランスは変われない。

――この私の天下も来ない。

ならば七月十四日を取り戻すことだと、それがタレイランの閃きだった。ああ、あの暴力的な興奮を取り戻すことだ。聖職者も、貴族も、平民もない。富者も、貧者もなく、あまねく皆が等しくフランス人として総決起できるのだという幻想を取り戻すことだ。革命を考えるのでなく、革命を感じることで、フランスに捧《ささ》げられるべき無分別な情熱を取り戻すのだ。

実際のところ、連盟祭のためにと金持ちブルジョワが自腹で軍服を新調すれば、こちらの庶民も自分たちばかり取り残されてたまるかと、会場設営に汗を流した。七月十四日が近づくほどに、あの夏の日の一体感は確かに取り戻されつつあったのだ。

フランスが再び一丸となるためには、多少のまやかしも必要悪というものである。白亜の巨大凱旋門も大理石のようにみえながら、その実は画家たちが筆を駆使した厚紙にすぎなかった。円形闘技場さながらの舞台装置も、祝宴が終わり次第に取り壊される仮設でしかなく、シャン・ドゥ・マルスの荘厳な気配も有体にいってしまえば、全てが子供騙《こどもだま》しなのである。

――それから、もうひとつ。

シャン・ドゥ・マルスの中央には「祖国の祭壇」が据えられていた。円形の土台のうえに方形の台座を載せ、さらに円形の香炉台を置き、そこまで東西南北の四方いずれからも階段で登れるという、大がかりな造りである。

凱旋門に同じく、白亜の外観で観客に溜《た》め息をつかせているが、やはり大理石に似せただけの厚紙という代物だ。かろうじて木で組まれているのは、重さがかかる骨組みばかりなのだ。

それが全国連盟祭の式典が執り行われるべき主舞台だった。パリを経巡ってきた国民衛兵ないしは連盟兵も、仕上げにシャン・ドゥ・マルスを威風堂々一巡してみせると、祖国の祭壇の周囲の指定された場所に達して、その行進を終了させた。代表が列から分かれて、上まで登るというのは、香炉台のまわりに持参の旗を飾るためだった。

フランス八十三県、パリ六十街区、その全てが祭壇に自分たちの旗を献じた。一通りの段取りが完了したとき、もう時刻は午後の三時半をすぎていた。

どん、どどんと祝砲が轟《とどろ》いた。それまで声を張り上げ、騒ぎに騒いでいたシャン・ドゥ・マルスも、合図に静まりかえっていった。

式典が始まる。祖国の祭壇には一方に「憲法」を象徴する女が、他方に「祖国」を象徴する男が立ち、その二人が同時に声を合わせた。

「全ての人間は平等である。人間は生まれによってでなく、徳によってのみ区別される。およそ法は普遍的でなければならず、およそ人間は法の前で平等でなければならない」

男女に向かい合わせに立つのは、こちらは「名声」の象徴だった。

「国民議会が定めた法は不滅である。そのことを三つの言葉が保障している。その神聖な言葉を常に記憶していなければならない」

そう「名声」に挑まれて、こちらの男女は再び同時に声を合わせた。

「ひとつは国民、ひとつは法、ひとつは王」

国民、それは汝《なんじ》のことなり。法、それは汝の意思なり。王、それは汝の守り手なり。

五万人の国民衛兵が、いちいち後に続いて唱和の声を響かせれば、その例に観客席の四十万人もすぐに倣い、シャン・ドゥ・マルスの興奮は再び高まりの途についていく。

「猊下《げいか》、そろそろ」

祭壇の足元には二棟のテント小屋が建てられていた。ひとつが国王一家と政府高官が並んだ執行権のテント、もうひとつが議員が並んだ立法権のテントで、いずれも雨を凌《しの》げる場所だった。のんびり見物と寛《くつろ》いでもいたのだが、そこでタレイランは声をかけられてしまったのだ。

「やれやれ、正午の予定が、もう四時になるね」

そうとだけ零《こぼ》すと、タレイランは悪い足を引きずり引きずり歩き出した。ああ、そろそろオータン猊下の出番であられますな。道を空けてくれたのが、同じくテントに控えていたラ・ファイエット侯爵だった。

「お役目、ご苦労さまでございます」

あまりに神妙な顔をするので、タレイランは軍服の袖《そで》に腕を絡めてやった。

「後生《ごしよう》だから、そんなに笑わせないでくださいよ」

ラ・ファイエットは呆《ほう》けた顔になった。それを冷笑できたことで、タレイランは噴き出さずに済ませられた。ああ、我慢だ。ここは我慢しなければならない。けれど、普通は笑ってしまうよ、この私が聖餐式《ミサ》だなんて。

9——主役

オータン司教タレイラン猊下《げいか》の執式による聖餐式《ミサ》、ならびに民兵たちの手で祖国の祭壇に捧《ささ》げられた八十三の県旗、六十の街旗の聖別式こそ、全国連盟祭における式典の要《かなめ》をなすものだった。

白い式服に三色綬《さんしょくじゅ》をかけながら、すでに三百人の聖職者が祖国の祭壇に待機していた。吊《つ》り香炉《こうろ》を携えた聖歌隊の子供たちとて、百人を下るものではない。賛美歌の伴奏のためだけに集められたわけではないといいながら、楽器片手に控える楽士も全部で千八百人と聞いている。

不自由な足を振り上げ振り上げ、タレイランが階段を登っていけば、ルノード師、ルイ師と執式の助手を務める神父も配置についていた。行われようとしているのは、まさに荘厳なる儀式だ。ところが天気は、あいにくの雨だったのだ。

目の前に、ぽたぽた滴が落ちていた。頭のうえに、もうひとつ頭を載せたくらいに高い司教冠は、常に気をつけていないと、はらりと脱げて落ちそうだった。長白衣《アルバ》から、幄衣《ダルマチカ》から、胴衣《カズラ》から、白衣を金糸の刺繍《ししゅう》で飾り立てるような司教の祭服を身に纏《まと》うからには、まったく重い。動きづらい。暑苦しくて、堪《たま》らない。

――やはり、おかしい。

やはり、笑ってしまいそうだ。タレイランが我慢を強いられたというのは、今日の今日まで正しい司教の祭服など、ほんの数えられるほどしか着たことがないからだった。いいかえれば聖餐式など、ろくろく挙げたことがない。オータン司教に叙せられたとき、司教座大聖堂で教区入りの聖餐式を挙げて以来のことだから、これが高位聖職者としては二度目の執式ということになる。ああ、まるで茶番さ。いんちきなものなのさ。

「求憐誦《キリエ》！」

タレイランは式を始めた。雨と風で香の煙が消えそうになっていた。やはり笑いを誘われたが、伴奏が始まり、聖歌隊が澄んだ歌声を響かせ、そうするうちにシャン・ドゥ・マルスは、先刻までの興奮とは別種の感動に満たされていったのだ。

この動乱が招いた不幸を思い起こし、思わず涙する者がいる。真面目《まじめ》な内省に誘われて、悔悟の相を浮かべた者もいる。自らの振る舞いは無駄ではなかった、やはり価値ある振る舞いだったと、深まる自信に顔を輝かせた者とている。が、これは全体どういうわけだ。人間の権利を掲げた革命に、神は関係ないではないか。そもそもが民兵の全国組織立ち上げに、どうして聖餐式を挙げなければならないのか。

——だから、必要なのは、まやかしなのさ。

タレイランも認めるところ、キリスト教を取り扱い、神というまやかしを演出してきた教会には、確かに一日の長があるというべきだった。

革命を考えるのでなく、革命を感じさせなければならない。小賢《こざか》しい文字でなく、劇場的な効果で大衆を巻きこまなければならない。そのためには、素知らぬ顔で神と祖国を入れ替えながら、そのままキリスト教の手管を用いるのが一番だった。

ああ、誰も気がつきやしない。キリストが入れ替えられても、それを疑問に思う者などない。宗教心そのままの熱情で、結果フランスに献身するだけである。

ひとたびフランスが聖性を帯びたなら、かかる信仰を手ずから授けた人物こそは、新たな指導者ということにもなる。もちろん、フランス王ではない。

「栄光頌《グロリア》！」

シャン・ドゥ・マルスは恍惚《こうこつ》として、涙に溺《おぼ》れるばかりだった。大したものだなと、タレイランは改めて感心した。と同時に、不敵に頬《ほお》を歪《ゆが》める気分でもあった。ああ、フランスのため、こうして最後に役に立てたのだから、カトリック教会とて本望だろうさ。

七月十二日、聖職者民事基本法が可決成立をみていた。ほぼ原案通りの採択となり、聖職者は神秘の衣を剝《は》ぎ取られ、ただの公僕に落ちた。

「いや、オータン猊下、それでは話が違いますぞ」

目に涙まで溜《た》めながら、エクス大司教ボワジュランは抗議してきたものだった。フランス教会会議の設立が容《い》れられなかったというのである。それでは教会の聖性が保てないと、それでは聖職者民事基本法には賛成できないと、そう噛《か》みついてきたのである。

「まあ、まあ、ボワジュラン猊下も落ち着かれよ。そう興奮なさらず、まずは拙僧の話を聞かれよ」

タレイランは宥《なだ》めにかかった。議員も色々であり、わけても頭でっかちの左派を説得するのは容易でないのだとか、まずは新生フランス教会を打ち立てることだろうとか、あの手この手で言葉を弄したあげくに、最後は約束させられた。

「わかりました。七月十四日まで、ええ、ええ、拙僧が全国連盟祭で晴れの聖餐式を挙げさせていただくまでには、フランス教会会議設立を再審議できるように議会日程を調整して、必ずや猊下にお知らせいたします」

思い返して、あっ、とタレイランは短く呻《うめ》いた。あっ、そうだった。馴《な》れない執式などすることになって、一応の段取りを勉強するのに忙しくて、議会日程の調整などすっかり忘れてしまっていた。

――まあ、いいか。

タレイランは聖油の壺に手を伸ばした。指先を浸して油を振りかけることで、八十三本の県旗と、六十本の街旗を聖別しなければならなかった。なんのことはない、ただの油にすぎないのだが、これを振りかけさえすれば、なんでも別物の霊力が宿るらしい。

——ボワジュラン猊下も御覧あれ。

民兵どもは喜んでおりますぞ。ええ、もう十分ではありませんか。神秘の力を分け与えられたと、聖職者に感謝しておりますぞ。フランスのためになるならば、教会が帯びるべき聖性など、最後の一滴まで絞り取られて、それで本望とするべきではありませんか。だって、ボワジュラン猊下、あなたも感動したでしょう。あなたにしたって、去年の七月十四日には、フランスのために尽くしたはずではありませんか。革命に殉じる気持ちは今も変わりないはずではありませんか。そう胸奥で語りかけると、タレイランは袖布《そでぬの》をはためかせて号令した。

「賛美歌テ・デウム」

聖餐式は完了した。茶番なりに演じられたかなと、まずまず満足しながら、タレイランは祖国の祭壇を降りた。テント小屋に戻るや、いれかわりに出ていくのは、今度はラ・ファイエット侯爵だった。

なにか言葉をかけようと思ったが、タレイランは機を逸した。頰を強張《こわば》らせた侯爵は先を急ぎ、これだけ仰々しい祭服さえ目に入らない様子だった。

なるほど、時間が押していた。そろそろ時刻は五時を回ろうとしている。かてて加えて、ラ・ファイエットはラ・ファイエットで、これまた手のこんだ演出を用意していたようだった。

駆け足でテント小屋を出て行くも、再び現れたときは白馬を御していた。ラ・ファイエットは颯爽《さっそう》たる騎馬姿で入場するためだけに、凱旋門《がいせんもん》の陰に愛馬を隠していたのだ。

観客席は耳が痛いくらいの声を張り上げた。いや、祭壇に自分たちの旗をみつけ、ひたすら目を潤ませるばかりだった連盟兵の列までが、それぞれ拳《こぶし》を突き上げて、俄《にわ》かに騒ぎ出している。荘厳な聖餐式から一変して、シャン・ドゥ・マルスは再び暴力的なまでの興奮に包まれたのだ。

軽やかに馬の蹄《ひづめ》を鳴らしながら、いや、実際には聞こえるような静けさではなくなっていて、馬体の躍動感から想像できるというだけなのだが、いずれにせよ痺《しび》れるくらいの格好よさで、ラ・ファイエットは最初に執行権のテント小屋に向かった。そこで下馬して、国王に許可を求めたところは、連盟兵に誓約を立てさせてよろしいかと。

国王に快諾されると、それから小走りの小気味よさで、とんとん階段を上がっていく。祖国の祭壇の頂に立つや、しゃりりと腰の軍刀を引き抜く。古《いにしえ》の十字軍騎士さながらの身ぶりを決めると、国民衛兵隊司令官ラ・ファイエットは宣誓を始めたのだ。私は誓う、国民、法、王に対して、常に忠実であることを。

「それを私は誓う《ジュ・ル・ジュール》」

五万を数える連盟兵が、追いかけて唱和した。地鳴りのような声の厚みに、タレイランは慌てないではおけなかった。

ラ・ファイエットは続けた。私は誓う、議会が定め、王が認めた憲法を護持せんことを。

「それを私は誓う」

それを私は誓う。それを私は誓う。唱和される声の波に、いよいよ翻弄《ほんろう》されかけたところで、ようやくタレイランは舌打ちすることができた。ちっ、ラ・ファイエットの奴《やつ》、少し調子に乗りすぎなのではないか。ちっ、我こそ今日の主役というような顔をして、いくらか増長がすぎるのではないか。

――はん、こんな茶番で目立てたからと……。

タレイランは司教冠を脱いだ。それまで慎重に頭に載せ続けたものが、急に馬鹿らしくなっていた。のみか、屈辱的な気分だった。ああ、やはり、そうなのだ。聖職の衣に貶《おとし》められることはあれ、私が高められることなどない。軍服にはかなわないと思い知らされるだけで、背中から終世の十字架が外されるわけではない。

タレイランは無理にも気分を変えようとした。はん、偶像に高まるほど、相場が落ちるのも早いものさ。が、そうやってラ・ファイエットを切り捨てれば、自らも気恥ずかしさから逃れられる身ではなかった。ああ、あんな馬鹿な聖餐式など執り行うのではなかった。思えば、私の柄ではなかった。元来が表に出る質《たち》ではないのだ。そういう真似《まね》は、すっかりミラボーに任せてきたほどなのだ。

──ミラボーの奴は……。

その日は多数議員のひとりに甘んじて、表に出てはいなかった。出たくとも出られなかったのか。それとも思うところあって、陰に隠れているのか。いずれにせよ、ミラボーの態度こそ正解というべきだろうと、タレイランは今さらながら赤面に襲われた。

──こんな祭典に意味などない。

誰も本気で感動したりなどしない。今このとき、この場所では、あっさり恍惚感の虜《とりこ》にされてしまうにしても、すぐに自分を取り戻し、また自分を守り始める。人間なんて、そんなものだ。そんなものにすぎないのだ。そう片づけてしまえば、急に重さを増してくる心配があった。

「約束ですぞ。確かに約束しましたぞ」

そう念を押したとき、ボワジュランは声を大きくしたものだった。フランス教会会議設立について再審議する日程を、連盟祭の前までに確かにお知らせ願えるのですな。もしやとは思いますが、万が一にも約束を違《たが》えられるようなことあらば、よろしいですか、オータン猊下。

「拙僧にも考えがありますぞ」

タレイランは肩を竦《すく》めた。ボワジュランめ、思いあまって、まさかローマに駆けこんだりするまいな。今日の日の連盟祭に感動して、七月十四日の美しい思い出のために醜い執着は控えようとか、自らもフランスのために犠牲になろうとか、そんな安手の感傷とは、もちろん無縁であるだろうが……。

10――新聞の使命

一七九〇年七月十四日、全国連盟祭の式典もフランス王ルイ十六世が登場したのは、ようやく最後のほうだった。

「フランス人の王たる朕《ちん》は誓う。国民議会によって定められ、朕が批准するところの憲法を維持するために、国家の基本法によりて朕に委《ゆだ》ねられたる権限の全てを用いることを」

足元を泥に汚しながら、そうした誓いの言葉も述べた。とりたてて侮辱された風はなかったとしても、やはりというか、王などつけたしという感は否めなかった。

――せめて、祖国の祭壇には登るべきだった。

と、それが今も変わらないデムーランの意見だった。ああ、テント小屋から半歩きり出たところで、ぼそぼそ文言を棒読みして終わるのでなく、フランスの人民が四方から目を注いで望める祭壇の高みに立ちながら、その声を雄々しく響かせるべきだった。

実際のところ、ミラボーは陛下に進言したといい、また議会にもかけた。

「王はテント小屋を出て、祖国の祭壇に登るべきである」

ルイ十六世の返事は不明ながら、少なくとも議会は、それを退けてしまった。かわりといおうか、国家元首ともあろうフランスの王をして、まだ五歳の王太子に国民衛兵の軍服を着させ、それを抱きかかえながら、このときばかりは高々とシャン・ドゥ・マルスの観衆に示させるという、とんだ茶番を演じさせたのだ。

――なるほど、つまるところは全国連盟祭なのだ。

主役はフランス王ではありえなかった。それは全国津々浦々から集合した連盟兵、もしくは国民衛兵の祭典なのだ。

とはいえ、ひとりひとりは名もない民兵にすぎない。擬人化された一種の象徴として、最高司令官ばかりが目立つというのも、あるいは当然の帰結なのかもしれない。が、それにしても、はじめから、みせびらかしの機会として企画された気配が濃厚だった。

――要するに、あれはラ・ファイエットのための祝祭だった。

そう看破した瞬間から、デムーランは立腹を禁じえなくなった。

目立ちたがり屋がまたやったで、すんなり終わらせる気にはなれない。第三者の立場で冷静に観察することさえ難しい。七月十四日の革命一周年には、並々ならぬ思い入れで臨んでいたからだ。

ピカルディ人も、ブルターニュ人も、プロヴァンス人もなく、全員が善きフランス国民として一堂に会するならばと、文字通りの兄弟として絆《きずな》を強められるならばと、革命一周年が全国連盟祭、つまりは連盟兵の集まりとして企画されたことには異論なかった。が、ブルジョワ民兵ばかりが存在感を誇示した、必然的にラ・ファイエットだけが前面に出たとなれば、いくらか話が違ってくる。それは本筋ではないだろうにと、祝祭の不条理を見逃すわけにはいかなくなるのだ。

――というのも、七月十四日なんだぞ。

それは一年前のパリにおいて、バスティーユが陥落した日付だった。ならば、一年後の記念日が連盟祭として祝われることには、本来的な矛盾があるといわなければならない。その要塞《ようさい》兼監獄を陥落に追いこんだのは、大方がパリの貧しい庶民だったからだ。

富裕の層が現場にいないではなかった。が、数日後に国民衛兵隊を称するような、ブルジョワの民兵隊は出動していなかった。フランス衛兵隊はじめ、事後に編入の措置が取られた一部を例外とすれば、国民衛兵隊のなかにバスティーユの闘士は皆無ということになる。

無論のこと、ラ・ファイエットなどはヴェルサイユにいて、その日はパリに足さえ運んでいない。

――すっかりバスティーユが片づいてから、のこのこ姿を現した。

ただそれだけの男が、同じように働きのなかったブルジョワたちの共感を獲得して、たちまち英雄に担ぎ上げられたのだ。

――そういうことはある。

事後の政局は政局として、デムーランは目を背けるわけではなかった。ああ、議会でも、パリでも、政権争いは激しく、また予断を許さない目まぐるしさだ。ラ・ファイエットが急浮上し、そのまま政権を奪取する運びも、ない話ではないし、あって悪い話でもない。

――それでも、七月十四日だけは別だ。

この記念日の主役だけは国民衛兵隊であってはならない。ラ・ファイエットであってはならない。あの夏の日にバスティーユで激闘を演じた人間は他にいるからだ。

――このカミーユ・デムーラン然《しか》り。

あの七月十四日の偽らざる英雄として、まだしも僕のほうが何倍も祖国の祭壇に登る資格があった。そう自負あればこそ、デムーランはこだわらないではいられなかった。誰も異議を唱えなかったと聞けば、首を傾《かし》げざるをえなくもなった。どうして怒らないのだろう。どうして疑問すら抱《いだ》かないでいられるのだろう。

――あるいは、それこそ連盟祭の狙《ねら》いだったのか。

七月十四日から少なくとも一週間は、パリ中で昼とない夜とない祭り騒ぎが続けられた。路銀で文無しになったはずの地方人を含めて、皆が陽気な飲み食いを続けたのだ。ブルジョワたちが大盤ぶるまいに及んだためだが、肩を組み、歌い、踊り、あげくに酔漢たちは、我らがラ・ファイエットがフランスのワシントンとして新しい王になるのだとか、いや、王ではなくてアメリカの流儀で大統領というべきなのだとか、支離滅裂に打《ぶ》ち上げることもしていた。

横目にするほど、デムーランは苦痛にも感じるくらいの焦りを覚えた。我らが祖国フランスにおいて、古代ローマ帝国の悪名高い慣習を目撃した気がしたからだ。

――いうところのパンとサーカス。

食べさせ、楽しませさえしておけば、民衆は逆らわない。それが不条理なものであれ、自分たちを喜ばせてくれる為政者を支持する。ああ、そうだ。張りぼてのシャン・ドゥ・マルスならぬ、本物の円形闘技場で見世物を催しながら、何千、何万という美食飽食の卓を用意したからこそ、カエサルは独裁政治を敷くことができたのだ。ひとたび爆発すれば、どんなカエサルも簡単に吹き飛ばせる、途方もない力を隠しているというのに、かたわらで民衆とは騙《だま》されやすく、馴《な》らされやすいものなのだ。

――全国連盟祭も警戒されなければならない。

政治的祝祭なるものの魔力にあてられて、このフランスでも人民が分別を狂わされたとするならば、もはや張りぼてのカエサルは誰にも止められない。戦慄《せんりつ》しながら、それでもデムーランは安易な絶望に流れたりはしなかった。かえって、ますますの戦意に燃えた。戦いようもあると考えていた。

ひたすら原則論を吠《ほ》え立てるという、「左派的」な戦法は役に立たない。ラ・ファイエットと対抗しうる逸材があるとすれば、およそミラボーくらいのものだ。そのミラボーが押し立てようとしているのが、フランス王ルイ十六世なのだ。ああ、まだフランスには王が健在であられる。昨日今日の人気者が、大衆の支持に驕《おご》り昂《たかぶ》り、あげくに横暴に走ろうとしたときにも、それを毅《き》然《ぜん》と抑止できるだけの権威が、まだ残されている。

――だから、僕も戦うぞ。

そう奮い立ちながら、デムーランが筆を走らせたことは確かだった。自らの新聞『フランスとブラバンの革命』の最新号で、許しを請う敵方の王を捕えては、泥のなかを戦車の陰まで引きずったという古代ローマの将軍政治家、勝ち誇るエミリアヌスに譬《たと》えながら、ラ・ファイエットこそフランス人民の式典を台無しにした張本人であろうと、暗に仄《ほの》めかしたことも事実だ。

――ああ、間違ったことはしていない。

デムーランは今ふたたび自らに言い聞かせた。ああ、人々が気づいていないなら、それを気づかせてやることも、また新聞の使命なのだ。これに噛《か》みつくなら、噛みつくほうが悪いのだ。ふるまい自体が真実をひた隠しにし、保身に徹しようとする卑劣な態度の裏返しなのだ。

その卑怯者《ひきょうもの》は、名前をピエール・ヴィクトル・マルーエといった。オーヴェルニュ州リオム管区の代官《バイイ》の息子で、自らは海軍で監察の仕事をしていたという五十男は、やはり全国三部会に送り出された議員だった。それも第三身分代表としてなのだが、この数カ月は俄《にわ》かに右傾化を強めていた。

なるほど、田舎《いなか》が田舎である。オーヴェルニュ州リオムという同じ選挙区からは、貴族代表議員としてラ・ファイエット侯爵が選出されているのである。

――要するに、国民衛兵隊司令官閣下の代弁者というわけだ。

はん、マルーエなんて名前は、聞いたこともなかったはずだ。なるほど、誰かさんの子飼いにすぎないのだ。ラ・ファイエットも文句があるなら、自分の口でいえばよいのだ。それくらいの勢いで、八月二日、デムーランはテュイルリ宮殿調馬場付属大広間《マネージュ》に向かった。二階の傍聴席に陣取り、議場を見下ろす格好になれば、彼方《かなた》の演壇に小さくみえる議員など、まして問題ではないとも考えていた。

――それが、意外と立派な人物だ。

マルーエは妙に貫禄ある男だった。それほど大きくはないながら、よく通る声も説得力に満ち満ちて、ひとたび激怒の調子を帯びれば、上から叱《しか》りつけるような迫力にもなった。それが名指しで、議場に続けていたのだ。ええ、ええ、エミリアヌスに譬えるとは、なんと悪意に満ちた表現でしょうか。王をないがしろにしたかの誤解を故意に与えようとして、これでは人民に蜂起《ほうき》を教唆したのと変わりありませんぞ。

「ええ、デムーラン氏は読者に呼びかけたも同然だ。議会が決めた法など守ることはないと。さあ、みんな、憲法など覆してしまおうと」

曲解はなはだしい、きさまの表現のほうが、よほど悪意に満ちているではないか。そう心に呻《うめ》いていながら、デムーランは口を噤《つぐ》んだままだった。

反論を声に出すまでの勇気はなかった。なおらない吃音癖《きつおんへき》が劣等感になっているので、土台が人前で話したいほうではない。いや、あの革命のときのように、いざとなればやってやるとも思うのだが、そこまで思い詰めた状態でもなかった。

もとより、不用意な発言は許されない。デムーランは告発されていた。

11――告発

ラ・ファイエットの番犬よろしく、マルーエが告発に及んだのは、七月三十一日の議会だった。

槍玉《やりだま》に挙げられたのが、ジャン・ポール・マラの『人民の友』七月二十六日号と、カミーユ・デムーランの『フランスとブラバンの革命』、発刊に拍車をかけて早くも二十七号である。

この告発を受けて、憲法制定国民議会はマラ、デムーラン、ならびに両氏の新聞発刊に関係した記者、印刷屋、販売配達業者等々を国家反逆罪で訴追するよう、王立シャトレ裁判所検事局に申し送るべく、即日の議決をなしたのだ。

――みせしめの意味もあったのだろう。

とも、デムーランは受け止めていた。七月十二日に聖職者民事基本法が可決、十四日に全国連盟祭が行われれば、まさに書くべき話ばかりで、新聞が活気づかないわけがなかった。が、各紙が特種《とくだね》合戦に鎬《しのぎ》を削れば、かたわらに神経を尖《とが》らせずにはいられない向きもある。心に後ろめたいものがある向きとの言い方も可能なのかもしれないが、いずれにせよ、かかる輩《やから》は逆に相手の非を責めるものなのだ。

いちいち気にしていては、とてもじゃないが務まらない。これまでも記事の内容について、苦情が寄せられないではなかった。ああ、そういう商売なのだと開きなおる気分もないではなかったが、かたわらで告発は告発だった。それなりの対応をしなければ、手が後ろに回るという話になる。

いつかは来ると、デムーランは覚悟もしていたつもりだった。言論弾圧の兆候が、少し前から散見されるようになっていたからだ。他人事《ひとごと》でないというのは、その犠牲者として身近な仲間の内から出ていたからだ。

――マラは……。

その檄文《げきぶん》を咎《とが》められて、この一月にもロンドン亡命を余儀なくされていた。密《ひそ》かにパリに戻り、ほとぼりが冷めた頃を計りながら、五月に再刊したのが『人民の友』だったが、これが再び告発されてしまった。

とはいえ、さすがは常習犯といおうか、マラの対応は堂に入ったものだった。激しい筆致ですぐさま反論を認《したた》めると、それを掲載した新聞を大急ぎで増刷した。紙面を通じて、大衆を味方につけ、そのうえで反撃を試みたのだ。

——さて、僕はどうする。

デムーランとて、不意の告発に狼狽《ろうばい》したわけではなかった。が、相手は憲法制定国民議会なのだから、誠意ある対応が必要だとの判断も動かなかった。ああ、依怙地《いこじ》な対決姿勢が常に善なるとは限らない。

憲法制定国民議会に宛《あ》てて、デムーランは弁明の手紙を書いた。告発者マルーエは断罪の根拠として、最新号の記事しか提出していない。前回、前々回の新聞を読んでもらえば、議会が決めた法を守るなとか、憲法など覆してしまえとか、反革命の蜂起《ほうき》に立ち上がれとか、そんな暴挙を煽動《せんどう》する意図など皆無だったことが、はっきりする。既刊の全号を運び入れることもやぶさかでないので、是非にも前後関係の精査をお願いしたい。

かかる内容の弁明が、今日八月二日の審議冒頭で読み上げられていた。議場の反応はといえば、朝一番で目が覚めきらない事情もあってか、少なくとも憤慨をもって撥《は》ねつけるという風ではなかった。

土台が騒ぎすぎと捕えていた議員も少なくなかった。ひとまずデムーラン氏への告発は棚上げにしようとも、話が転がりかけたのだが、これを心外として演壇まで出てきたのが、告発者のマルーエ自身だったのである。ええ、こんな姑息《こそく》な目くらましに誤魔化《ごまか》されるべきではありません。言い訳など無視して、議会は三十一日の決定を堅持するべきです。ええ、ええ、告発されているような意図はなかったですって。

「ならば、カミーユ・デムーランは無罪といえるのか」

こちらを呼び捨てにしながら、いよいよマルーエは炎を吐くかの勢いだった。既刊の精査などと、面倒な真似《まね》をするまでもありません。議会は証人として、カミーユ・デムーラン自身を喚問するべきです。ええ、この議場で本人の口から、無罪の証《あかし》を立ててもらいましょう。

「もちろん私は、カミーユ・デムーランは有罪だと返しますぞ。かかる確信は変わらないでしょうし、それどころか、奴《やつ》の弁護に立つ輩《やから》がいたとすれば、それも同じく有罪だと考えます」

議場に語りかけながら、マルーエは上向き加減で、かえって傍聴席に目を投じていた。ラ・ファイエットの威を恐れよと、こちらを睨《にら》みつけたつもりかもしれなかった。

いや、今日も議会の傍聴は数百人に上る。遠目から見分けられたはずがない。が、万が一にと想像すると、デムーランは首を竦《すく》めて、上着の襟に隠れてしまいたくなった。

こちらの沈黙をよいことに、マルーエは止《や》めなかった。いずれにせよ、証人喚問を行いましょう。やはり本人に、自らの行いを正当化させましょう。ええ、ええ、カミーユ・デムーランは嫌だなどとは申しますまい。いや、気が進まないとはいわせません。難しいと泣き言をいわせるつもりもありません。だって、自己弁護くらい、できるはずだ。

「本当に悪意でやったのでないというなら……」

「ああ、悪意でさ」

ラ・ファイエットなど無理矢理にでも扱《こ》き下ろさずにおけるものか。誰かの野次が議場を駆けていた。マルーエの迫力に気圧《けお》され、皆が静まりかえった拍子だっただけに、はっきりと聞き取れた。

いうまでもなく、演壇の告発者の耳にも届いたことだろう。デムーランは恐る恐る顔を上げた。マルーエは感情も露《あらわ》な怒面になっていた。赤く濁った双眼で引き続き睨みつけるような迫力も、右に、左に傍聴席を見渡して、不遜《ふそん》な言葉を議場に投げた不届き者を、必死に探しているようだった。

――とはいえ、みつかるまい。

傍聴席は、一人や二人ではないのだ。しかも野次を投じた本人が、自分ですと手を挙げているわけではないのだ。

実際、マルーエは探し出せたわけではなかった。が、あるところまで動かすと、それきりで目を据えてしまった。

まっすぐ刺し貫いた先に、居合わせたのは自分だった。目と目が鉢合わせしていることは、デムーランにもわかった。が、マルーエは知らないはずだ。僕の顔など知らないはずだ。えっ、知っているのか。誰かに聞いて、覚えていたというのか。

「きさま、デムーラン」

「えっ」

「無法者め、とうとう議員の発言まで妨害しよったな」

マルーエは指までさした。ああ、尻尾《しっぽ》を出したということだ。やはりカミーユ・デムーランは憲法を覆そうとする輩なのだ。裏で国家転覆の企てを画策しているに違いないのだ。

そうした非難については、拡大解釈にも程があると失笑で流すしかないとして、議員の発言を妨害してはならないという決まりは、議会傍聴の大前提になっていた。

もちろん不特定多数の野次となると、止めて止められるものではなくなるが、少なくとも告発された自分を自分で弁護するため、議員の発言を中断させたとなると、これは明らかな違反行為である。

――けれど、僕は……。

一言も発していない。その旨を明らかにして、急ぎ弁明しなければならない。いや、ここで声を上げては、自ら過失を認めることになるのか。堂々巡りに自問自答しているうちに、デムーランは目の前が白くなったように感じた。その間にも新任の議長ダンドレは、容赦ない命令を下していた。衛視はいるか。衛視はいるか。

「傍聴席のカミーユ・デムーランを逮捕せよ」

荒々しい気配が動いた。階段を駆け上がる足音が聞こえてきた。それが掻《か》き消された
というのは、わっと傍聴席が沸いたからだった。ふざけるな。これくらいの野次で逮捕
されてたまるか。守れ、みんな、守るんだ。デムーランじゃない。俺《おれ》たちは言論の自由
を守らなければならないのだ。
「今のうちに逃げろ、カミーユ」
そう耳元に囁《ささや》かれた数語だけは理解できた。ハッとして見上げるや、聳《そび》えていたのは
大きな大きな背中だった。
「ダントン……」
わざとらしいくらいの大声が続いていた。いてえ、いてえ、なにしやがる。この衛視
め、いきなり殴りつけてきやがった。おとなしい傍聴人に暴力ふるいやがった。いてえ、
いてえ、こいつは骨が折れたんじゃねえか。
「ちょっと警棒が当たっただけではないか」
「ちょっと、だけ、だと」
「いずれにせよ、きさまが妨害したからだ」
「妨害だと」
「ああ、道を空けろ」
「塞《ふさ》いじゃいねえよ、あんたの道なんか。なんだよなんだよ、身体《からだ》がでかいことは犯罪

だっていうのかよ」

そう拗《す》ねるような台詞《せりふ》が回されるときまでには、衛視の身体が宙に浮きあがっていた。赤ん坊の頭ほどもある拳骨《げんこつ》が、横殴りの一撃を決めたからだ。だけど、みんな、みてたよな。俺は必死に我が身を守っただけだよな。こいつは正当防衛だよな。

12――介入

「ああ、こわい。もう小便ちびりそうだぜ」

惚《とぼ》けた台詞《せりふ》を回しながら、ダントンは楽しそうでさえあった。

議場の衛視たちは後から後から詰め寄せてきた。仲間が気絶させられているからには、警棒くらいは思いきり振り上げて、こちらも誰ひとり迷いがなかった。が、なんだ、なんだ、その態度は。迎えるダントンは左拳《ひだりこぶし》を前に、自分の顎《あご》に添えるようにして、右拳を後ろに構えた。

「なにもしてねえ市民を相手に、こいつは無礼じゃ済まされねえぞ。なんてったって、俺《おれ》たちは主権者だ。んでもって、俺たちこそ納税者だぞ」

言葉に増して痛烈だったのが、十八番の「フランス式ボクシング」なのだ。

警棒が真正面から振り下ろされれば、これに眉間《みけん》を割られる寸前に、相手の膝《ひざ》の内側を蹴《け》り砕く。別な衛視が今度は下からすくうように警棒を走らせると、これを上体を反らす動きでかわし、ながらも長い腕を振り回すことで、その横面を拳の裏で破壊する。

あっという間に三人の衛視は失神だった。ダントンの凄《すさ》まじいばかりの腕力が、皆の戦慄《せんりつ》を呼んでいた。乱闘を取り囲んでいた傍聴席のみならず、議場までがすっかり呑《の》まれて、再び静まりかえっていた。

なおも発言できるとするなら、この豪快きわまりない大男について、多少の免疫を持てる人間だけである。

「まってください、まってください」

新たに議場に上がった声は、甲高い響き方をした。が、そのことで弱々しい印象を残すでなく、刹那《せつな》に感じられたのはむしろ独特の鋭さだった。ああ、そうだ。最近とみに増しているのは鋭さなのだ、もはや刃物さながらの危うさまで感じさせるほどなのだ。

「ロベスピエールと申します」

と、声は続けた。発言を求めます。発言を求めます。よろしいですか、議長殿。

「発言を認めます」

と、議長は答えた。あるいは議長になって日が浅いダンドレにしてみれば、認めないでは混乱を収める術《すべ》もなかったというべきか。ダントンの「フランス式ボクシング」に、衛視という衛視が殴り倒されることにでもなれば、それこそ議長の面子《メンツ》も、議会の権威も、あったものじゃない話になる。

「ですから、まずは議長に申し上げたい。さきほど閣下は逮捕を命令なさいましたが、かかる措置を講ずるべきか否かについても、我々は議論を省くべきではないと思うのです」

混乱の傍聴席も落ち着きを取り戻そうとしていた。仲間を肩に担ぎながら衛視たちが引き揚げると、それぞれに倒れた椅子《いす》を拾い、元の場所に置きなおしとやりながら、また議事の傍聴にかかったのだ。

白の長靴下がみえた。ダントンも自分の椅子に戻った。腰掛けるときに上着をなおすと、その長くて大きな裾布《すそぬの》が、ばさとデムーランの頭のうえに被《かぶ》さってきた。

知らぬ間に尻餅《しりもち》をついていた。が、これ幸いと、ダントンは隠してくれたようだった。だから、カミーユ、なにしてんだ、おまえは。

「さっさと逃げろ」

低く身を屈《かが》めたまま、議場を後にしちまえ。ダントンは殺した声で命じてきた。もっともだとは思いながら、これにデムーランは従わなかった。

ロベスピエールの発言を聞かないではいられなかった。どんな発言に及ぶのか。興味もあったが、むしろ釈然としない気分のほうが強かった。

――どうしてマクシムが出てくるんだ。

全体どういうつもりなんだと、デムーランは眉間に皺《しわ》を寄せた。なんだか気に入らないという程度ながら、はっきり腹立ちも覚えた。ルイ・ル・グラン学院以来の旧友ながら、最近ロベスピエールとはうまくいっていなかったからだ。

今も強烈に引け目を覚えているわけではない。それこそ七月十四日の記念日を論じるならば、今のデムーランには我こそ革命の立役者だとの自負がある。

パリに名前も売れている。自前で新聞も出している。ああ、あの夏の日を境に、僕は英雄になった。そうやって自信は回復できたはずなのに、一周年の記念日を迎えてみると、議会で告発され、こそこそ人目を避けなければならない立場になっている。

――あれ、おかしい。

あちらのロベスピエールのほうは今も晴れの議場にあった。ジャコバン・クラブきっての論客のひとりにもなっている。庶民に絶大な人気もある。あの七月十四日には、なんの働きも示していないにもかかわらず、我こそ革命の英雄という顔もしている。

――議員になったもの勝ちなのか。

デムーランは問いたかった。七月十四日の意味などないのか。先立つ五月に、全国三部会の議員としてヴェルサイユに呼ばれていなければ、どれだけ奮闘しようとも、あとの活躍は認められないというのか。

フランスという国には、つまるところ敗者復活戦がないのか。ひとたび負ければ、もう落ちていくだけなのか。先勝ちした者に蹴落とされるだけなのか。が、どんなに努力しても報われない国が、どうして民主主義の殿堂を誇ることができるのだ。

――おかしいだろう、それは。

ロベスピエールは演壇に進んでいた。その第一声はデムーランの心臓を、どきと一跳ねさせるものだった。

「ええ、そうした措置の是非について、これから議論するわけですから、いずれにせよ暫定的な命令にすぎないということになりますが、とにかく最初に申し上げておきましょう。

「議長閣下が下された逮捕命令は、なるほど必要な措置であったと私も考えます」

デムーランは戦慄した。なんてことを、いい出すんだ。しっくり来ていないどころか、もはやロベスピエールは、すっかり敵になったのか。

やはり、さっさと逃げておくべきだった。そう呻《うめ》きながら、デムーランは頭を低くした。実際に這《は》い出そうともしたのだが、階段から再び衛視が駆けつけやしないかと、とっさの不安に駆られてしまった。

とはいえ、衛視が来れば、またダントンが暴れてくれる。みかねて介入したのがロベスピエールであり、それで鎮まるならばと発言を許可したのが議長ダンドレであるならば、再び逮捕騒ぎになるとも思えない。

事実、ロベスピエールは逆接で先を続けた。ええ、しかしながら、です。

「軽率であることや思慮分別に欠けることと、罰を受けるべき許されざる犯罪とを、一緒に考えるべきでもないでしょう」

議場に困惑が広がった。いや、早くも発言の意図を察した者もないではないようだった。そうした向きは議場でも、傍聴席でも、笑いを噛《か》み殺すような表情になっていた。

いよいよもって、ロベスピエールは饒舌《じょうぜつ》である。

「ええ、そうなのです。このままでは国家反逆罪に問われると、わかってはいるのですが、感じやすい人間が口を噤《つぐ》み続けるということは、なかなかに難しいものなのです」

今度こそ、どやと議場に笑いが湧《わ》いた。ダントンの大きな上着の裾の陰に、ますます深く潜りながら、デムーランは自分に視線が集まることを恐れなければならなかった。赤面だけは見咎《みとが》められたくなかったからだ。

――感じやすい人間だと……。

デムーランは震えながら、奥歯を強く噛みしめた。感じやすい人間とは、この僕のことなのか。そんな言葉でマクシムが揶揄《やゆ》したのは、この僕のことなのか。とすると、お偉い議員先生はルイ・ル・グラン学院時代からの旧友など笑い物にして、好きなだけ馬鹿にできるという了見か。

血が上りすぎたのか、ぼうと頭が痺《しび》れたようにも感じられた。その間にもロベスピエールは、げらげら笑いが大きくなるばかりの議場に続けていた。ええ、いずれにしましても、立法権に対する敬意を欠いているなどと、そんな大騒ぎするような話ではありません。ええ、ええ、むしろ我らが発揮するべきは人間愛の精神でしょう。

「人間愛と正義は両立するものなのです。正義というのは、土台が人間愛に照らした熟慮を要求するものだからです。ゆえに私はデムーラン氏の放免を要求します。もちろん本日の逮捕命令のほうも、いったん棚上げすることにして」

「強行しようにも、デムーラン氏は逃げてしまったようですぞ」

議長ダンドレが受けると、いよいよ議場は爆笑の渦に呑《の》みこまれた。ちらと覗《のぞ》けば、告発者のマルーエまでが笑っている。これでデムーランは退けられた。そのラ・ファイエット批判も一緒に笑われる定めだ。目的は達せられたのだから、あとは笑うのみだという理屈だろうが、こちらとしては重畳として収めるわけにはいかなかった。

好意の解釈を寄せて、ダントンが収めようとしても、だ。

「これで助かったな、カミーユ」

「なんだって」

「うまいこと、冗談に流してくれたじゃないか、マクシムの奴は」

大真面目《おおまじめ》に身構えたら、逮捕だの、告訴だの、投獄だの、それが嫌だから亡命するだのと、つまらない話になってたぜ。そういって、自身も豪快に笑うダントンにも、デムーランは同調することができなかった。

ダントンの理屈はわかる。ロベスピエールの弁論は確かに巧みだったかもしれない。

――それでも僕を馬鹿にしたのだ。

一年前の革命の英雄を、その一年後には笑い物にして落としたのだ。そうした事実は変わらない、絶対に許すことができないと、やはりデムーランは笑うことができなかった。

13――仲間として

ロベスピエールとしても閉口せざるをえなかった。コルドリエ街の下宿を訪ねると、のっけからデムーランは噛《か》みつくような勢いだった。

「いっとくけど、マクシム、君に礼なんかいわないからね」

八月二日の議会の話なのだと、そのことはロベスピエールにもわかった。が、もちろん謝意を強要するつもりで、訪ねたわけではない。ああ、礼をいわれたいとか、恩を売りたいとか、そんな了見で介入を試みたわけではない。

――ただ仲間を見捨てる気にはなれなかった。

それも学生時代からの旧友となれば、なおさらのことだ。実際のところ、カミーユ、君は危なかったんだぞと、このときもロベスピエールは声に出して続けたかった。

カミーユ・デムーランの逮捕は確かになくなった。のみならず訴追命令まで取り消された。

ロベスピエールの演説で議場の空気がほぐれたところに、登壇したのが左派の同志ペティオンだった。その提案で三十一日の決議が再審議に回されることになったのだ。アレクサンドル・ドゥ・ラメットやカミュといったところが追加の議論を費やした末に、人権宣言の精神に照らして公的事象について書かれた文書は、なんらの実力行使を受けるべきではないと、そうした結論にも達していた。

——ただし名指しの中傷文は除くと、そうも付け足された。

だから、君は危なかった。いや、カミーユ、今だって危ないのだ。そう心に続けながら、ロベスピエールは戸口のところに立ち尽くし、不機嫌顔で窓辺の机を占めている、かつての学校の後輩を見守ることしかできなかった。

カミーユ・デムーランの『フランスとブラバンの革命』は、発刊を繰り返すたび読者を増やし、今やパリに氾濫《はんらん》している数多《あまた》の新聞のなかでも、出色のひとつといってよかった。が、なるほど人々の話題にもなるわけで、「名指しの中傷文」という類《たぐい》の頁《ページ》が少なくなかった。

——であるからには、悶着《もんちゃく》が絶えない。

この七月にもデムーランは、パリの民事代行官タロンに告発されていた。名誉毀損《めいよきそん》で訴えられ、千二百リーヴルの慰謝料を要求されたばかりにもかかわらず、今月発刊の最新号では、またぞろリヨン管区選出議員のベルガスに絡んでいるのだ。

――まさに手当たり次第といった感じだ。

もちろん、言論は統制されるべきではない。最大限の自由が認められなければならない。そうした意味では、より辛辣《しんらつ》で容赦ないマラの文章も含めて、なるだけ規制されてはならない。ロベスピエールにしても完全に同意するのだが、それでもデムーランが手を染めているような個人攻撃には、ちょっと感心できなかったのだ。

攻撃の論拠もマラほど確かなわけではなかった。同じくマラほど切りこみ方が鋭いでもなく、ただ激越な言葉を並べるだけのデムーランは、ときに読者に品性に欠けるかの印象を抱《いだ》かせた。

となると、ロベスピエールは感心する、しないでなく、いよいよ心配にもなった。本当ならデムーランは、そんなあくどい真似《まね》ができる男ではないと思うからだ。どこか気が弱いながら、持ち前の誠実さを武器に着実に前進していく理想家肌というのが、かつて学舎で語り明かした後輩の素顔であったはずなのだ。

――カミーユ、最近おかしいぞ。

全体どうしたんだと、そうも窘《たしな》めたいところだった。ままならないというのは、最近しっくりいっていないからだ。気の置けない旧友にして、ジャコバン・クラブの同志、コルドリエ街の有志を交えた議論仲間でもありと、そうした関係は今も変わらないながら、なんとなく溝ができてしまったような印象は、ロベスピエールとしても受けていないではなかった。

その気まずさを押して訪ねれば、やはりといおうか、デムーランのほうは仏頂面を隠そうともしなかった。借金取りにでも押しかけられたような顔で、開口一番に礼をいうつもりはないなどと応じてくる。繰り返すが、こちらとしては礼をいわれたいわけではない。が、こうまで邪険にされる筋合いはないとも、思わないではいられなかった。

そもそも八月二日の議会で擁護を試みたのも、きっかけに古い友情を取り戻せやしないかと、元のような気安い間柄に返れやしないかと、そう密《ひそ》かに願っての話だった。礼とか、恩とか、貸しとかいうのではないが、ただ自分としては、こうまで心を砕いているのだ。なのにカミーユ、君ときたら、どうして、そういう態度なんだ。

ロベスピエールは段々腹が立ってきた。来るのじゃなかったと、後悔に駆られもした。わざわざ足を運んだのに、馬鹿らしいという気もしてくる。が、それだからと啖呵《たんか》をきって、ぱっと踵《きびす》を返すというわけにもいかなかった。

「ミラボーと親しくしているそうじゃないか」

と、ロベスピエールは始めた。なにか意図があったわけでなく、そんなような話を、どこかで小耳に挟んだなあと、ただ思い出したのみだった。が、これはうまいかもしれない。ミラボーならば、こちらも知らない男というわけでなし、なにか話ができるかもしれない。きっかけに打ち解けられないとも限らない。

「はは、私は苦手だな。伯爵のところには、ひどく妖艶《ようえん》な女性がいるからね。正直どぎまぎしないではいられなくてね」

「ジュリー・カローのことをいってるのかい」

「それは誰かの人妻という……」

「女優さ。タルマ主演の舞台、あの『シャルル九世』にも出ていたろう」

「へええ、パリじゃあ、女優と一緒に暮らしていたのか」

「いや、カロー女史のところは、もう出たよ」

「えっ」

「いっとき転がりこんでいただけさ。ミラボーは今はショッセ・ダンタン通りのほうに、自前で立派な屋敷を借りて住んでいる」

「そ、そうか」

引き取ると、それで話が途切れてしまった。いや、途切れさせてはならない。ロベスピエールは無理にも続けた。はは、はは、とにかく、あいかわらず派手だなあ、ミラボーは。

「で、カミーユ、たまには君も行くのかい、その、なんだ、ショッセ・ダンタン通りか、その新しい屋敷のほうにも」

「行くよ。それも、たまにはより多い回数で、かな」

デムーランの言葉数が増えてきた。ミラボーの話なら、まんざらでないようだ。いいぞ、いいぞと、ロベスピエールは続けた。へええ、思っていたより親しいようだね。

「悪いかい」

吐き捨てて、デムーランは再び剣呑《けんのん》な顔つきだった。ロベスピエールは慌てた。いや、良いとか悪いとか、そういう話をするつもりじゃあ……。

「いや、現実に悪く言う向きだっているんだよ」

贅沢三昧《ぜいたくざんまい》に美食飽食で、御仕着《おしき》せの雇い人まで侍《はべ》らせる暮らし向きは、さすがに派手すぎるだとか、これみよがしの貴族趣味は不謹慎なんじゃないかとか、やはり王家に買収されているに違いないとか、いや、あれは国有財産の横流しに便宜をはかった礼金なのだとか、あげくがミラボーとつきあうような人間は、当今の政治を語る資格がないとか。デムーランは立ち上がり、続けるほどに大きく大きく両手を開いた。ほとんど喧嘩《けんか》腰《ごし》だった。弾劾《だんがい》するかに声の調子を荒らげながら、あげくが得意の名指しなのだ。

「わけても左の連中がね」

「左というが、そんなこと、私は知りもしなかったぞ。だから、カミーユ、なにも私は君を責めようとしたわけじゃない」

「だったら、どうしてミラボーの話なんか出してくるんだ」

「どうしてって、最近親しいようだと人伝《ひとづて》に聞いたから……」

ロベスピエールは続ける気力を失った。責めるつもりなんかなかった。問いつめるつもりもない。本当に他意はなかった。なのに、どうして、こうなってしまうのか。

　デムーランのほうは容易に収まらなかった。つまりは、あれかい。

「最近ミラボーと親しくしている、カミーユ・デムーランも右なんじゃないかと、そう罵倒《ばとう》する言葉を君も聞いたというわけかい」

「そんなことは……」

「いや、いいんだ、マクシム。僕としては右というつもりも、左というつもりもないんだが、そのことを捕えて、どう取り沙汰《ざた》しようが、それはそれで君たちの勝手さ」

　ロベスピエールは言葉を返さず、少し黙して考えた。デムーランは確かに右でも左でもなかった。マルーエのような右派を罵《のの》る文章も書くのだが、だからといって左派に同調するでもなく、実際こちらを非難する記事なども『フランスとブラバンの革命』には少なくない。

　どういう政治信条なのかと、かねて首を傾《かし》げないではなかったのだが、その理由が朧《おぼろ》ながらみえたようでもあった。ああ、そういえば、宣戦講和の権限を巡って、議会が紛糾した五月に、『フランスとブラバンの革命』はミラボー支持を明言していた。現代のデモステネス、ヘラクレス・ミラボー、聖ミラボー、雷ミラボーと、紙面に躍る形容も度を越して華やかだった。

こちらの沈黙など構わずに、デムーランは断言で続けた。

「ミラボーは真に傾倒に値する男だよ」

「政治家としての手腕には、確かに卓抜したものがある。それは私とて認めるにやぶさか……」

「手腕だけじゃないよ。思想信条の面でも、ミラボーのそれは卓抜しているといえる。右のように石頭でなく、といって、左のように頭でっかちなわけでもなく、その政治哲学には均衡の美があるのさ」

デムーランは止まらなかった。ああ、よくよく語りあうほどに、共鳴せざるをえない。右派は頑迷に変化を恐れるばかりだ。けれど、左派もブルジョワを敵視しすぎるんだ。議員を新たな特権身分にしないためにも、国王大権という牽制力《けんせいりょく》は不可欠なのだと、そうした伯爵の持論も魅力的なものだと思う。ああ、ああ、思い描いている理想からしても、僕はミラボーに近いんだよ。

「大臣になるのか、あるいは議会が新しい役職を作るのか、それは知らないけれど、近い将来ミラボーがフランスを指導することだけは確実だと、僕はそう考えている」

ロベスピエールは絶句した。デムーランは考えていた以上に、ミラボーに接近している、いや、むしろ密着しているようだった。

――しかし、どうして……。

ミラボーが引き受けるのは、わからないではない気がした。というより、自らに寄るものを拒むような真似を、あの大きな男は決してしないだろう。デムーランが近づいてくれば、仮に内心で軽蔑《けいべつ》し、あるいは嫌悪していようと、おくびにも出さず懇《ねん》ろに遇するに違いない。ああ、そういうことができる男だ。根が図太くできているからだ。

ロベスピエールが解《げ》せないのは、デムーランのほうだった。子供じみているくらいに、すぐ感情が表に出る。内心を隠してつきあうというような、器用な真似は手に余る。だから、無理だ。

——というのも、君はミラボーを嫌っていたのではないか。

デムーランは少なくとも苦手にしていたようにはみえた。パリで同じ作家業界にいて、ミラボーのことは早くから知っていたらしいのだが、それも親しく言葉を交わすようになったのは、自分が間に入ってからなはずだ。そのかぎりでロベスピエールの感触をいうならば、二人きりで向き合い、直《じか》に言葉を交わすとなると、それさえ恐れて、こちらの袖《そで》を引きにかかるほど、確かに苦手にしていたはずなのだ。

——それが、いつの間に……。

カミーユの言動が荒れたことと、もしや関係するのだろうか、ともロベスピエールは考えてみた。激越な誹謗中傷《ひぼうちゅうしょう》の文章も、ミラボーに急き立《せ》てられての話なのかと。

——いや、違う。

思想信条に関していうなら、確かに前より右寄りで、いわれてみれば、なるほど、ミラボーの影響が明らかである。ならば、激越な文章も議会第一の雄弁家の影響だといいたいところだが、それにしては御粗末《おそまつ》な印象が拭《ぬぐ》えないのだ。

ロベスピエールが思うに、ミラボーなら、あんな安っぽい攻撃はしかけない。やるときは、もっと大胆にズバッと決める。あとで相手が反撃に立ち上がれなくなるくらい、決定的な一打を決める。

――やはり、ミラボーは関係ないな。

ならば、カミーユが荒れた理由は、なんなのか。ロベスピエールが考えあぐねる間にも、デムーランは語り続けて止まらなかった。ああ、ミラボーは超一流さ。だから、あんな男とつきあうな、なんて誰にも忠告されたくない。二流、三流の輩《やから》に咎《とが》められたくはない。政治的信念からしても、僕はミラボー支持を曲げようとは思わない。

「まあ、信念なら仕方ないけど……」

と、ロベスピエールは受けた。ただ話を合わせただけで、やはり特段の意味もなかった。それとして、カミーユ、何度もいっているように、私は責めているわけじゃあ……。

ロベスピエールは息を呑《の》んだ。刹那《せつな》デムーランが墨壺を投げつけてきたからだった。幸いにも外れたが、いきなり、それも思いきりの力で投げたらしく、硝子《ガラス》の容器は壁に激突するや粉々に破裂して、放射状に飛び散る墨痕《ぼっこん》を残すばかりになった。

「カミーユ、な、なにをする」

「仕方ない、だって」

「えっ」

「いま仕方ないっていったのか、マクシム」

「あっ、いや、だって、信念なら仕方ないだろう」

「そう思うんなら、僕の書いたものにも文句をつけないでほしかったよ」

「…………」

「いつだって、魂をこめて書いてるんだ。それにケチをつけたあげくに、訂正文の掲載なんか求めるなって、そういってるんだよ、僕は」

今さらにロベスピエールは胸を突かれた。そのことだったか。カミーユが私を厭《いと》うようになったのは、そのことが原因だったのか。

14――荒れる理由

それは五月の出来事だった。

議会の帰りに、ロベスピエールとペティオンはテュイルリの庭園を抜けた。記者や傍聴人を引き連れる形になったので、ちょっとした行進のようにみえたらしい。テュイルリ宮の窓から、拍手の音が聞こえてきた。見上げると、まだ五歳になったばかりの無邪気な王太子が、面白がって手を叩《たた》いたようだった。

ほんの些細《ささい》な出来事にすぎない。が、これを捕えて、王位継承権者ともあろう方が、最も革新的な議員に讃辞《さんじ》を送っている、立憲王政の輝かしき前途を祝福する徴《しるし》に違いあるまいと、冗談口が叩かれたことは事実である。

その現場にデムーランも居合わせた。逸話を書きたいと思ったとしても、それは別に構わなかった。実際に書いて、『フランスとブラバンの革命』の第四号に掲載した。が、それを読んで、ロベスピエールは愉快な気がしなかったのだ。

――なんとなれば、私はあんな軽々しい真似《まね》はしない。

デムーランの文章では、ロベスピエールが庭園の人々に呼びかけたことになっていた。

「おやおや、高貴の方は、なにを祝っておいでだろう。いまいましい議決が出たばかりだというのに。本当に、いまいましい議決だったというのに。ああ、あの窓の子供には、せいぜい手を叩かせたがいいさ。子供ながらに知っているのさ。我々よりうまくやれるということを」

そんな、まったく覚えのない台詞《せりふ》を回したことになっていたから、ロベスピエールは苦情を寄せないではいられなかったのだ。

「私は議員であるからには、議会では大いに語る。けれど、公衆の面前で、あんな思慮に欠けた発言には及ばない。それは読み物なのだから、多少の演出はやむをえないのかもしれないが、あんな風に軽々しく書いてもらっては、私としては心外だ」

受けて、デムーランのほうも『フランスとブラバンの革命』第五号に、確かに謝罪訂正文を載せていた。

「ええ、ええ、どうにも申し訳ありませんでした。荘重なトーガを纏《まと》いし、古代ローマの元老院議員の面々よろしく、今日の憲法制定国民議会を牽引《けんいん》せし、ロベスピエール大先生に対しましては、その節は大変な御無礼を働いてしまいました」

「そ、そんな嫌味にすることはないだろう、カミーユ。ただ私は事実と違うといっただけだ。読者に誤解されたくないと望んだだけだ。だから、ちょっと断りを入れてもらえると助かるんだがと頼んで……」

「なにが、ちょっとだい。ここに乗りこんできたときの君は、なあ、マクシム、真っ赤な顔して激怒していたんだぞ」

「そ、それは、そうかもしれないが……。いや、あれは君も悪かったぞ、カミーユ。ああ、私は怒ったさ。あれは怒って当然の話さ」

「だから、権力にものをいわせたというわけか」

「えっ」

「議員が腹を立てたときは、その持てる力で言論を弾圧しても構わないのかと、そう聞いているんだよ、僕は」

ロベスピエールは答えられなかった。言葉に出せば、全て言い訳になることもわかっていた。ああ、そんなつもりはなかった。かけあったのは、むしろ旧友の気安さからで、カミーユなら話せばわかってもらえると考えたのだ。議員の権力にものをいわせて、自分に都合の悪い文章は握り潰《つぶ》してしまおうなんて、そんなつもりは……。

「はん、まったく恐ろしい話さ。なにせ、マクシム、君はパリで一番人気の、庶民の英雄なわけだからね。睨《にら》まれてしまった日には、暴徒に襲われないとも限らないからね。いや、まったく、怖い、怖い。僕なんか、もう震え上がるしかないよ」

「カミーユ、いくらなんでも、そういう言い方はないだろう」

「また脅すつもりかい」

「だから……」

「議員になって、ちょっと発言できるようになって、なあ、マクシム、それで勘違いしなさんなよ。実際、それがミラボーだったなら、君みたいなケチな真似は絶対しないぞ。どっしり構えて、かえって逆手に取ろうとするぞ」

それが超一流というものだ。そう突き放されて、デムーランがいわんとしたことは、ロベスピエールにも察せないではなかった。思い上がるなと。おまえなど、二流にすぎないのだと。弱い立場の新聞を脅して、他愛《たわい》なく悦に入るような、ほんのチンピラ議員にすぎないのだと。

同時にデムーランが荒れていた理由も、はっきりしていた。謝罪訂正を強要されて、この後輩は馬鹿にされたと感じたのだ。議員でない者など問題ではないと、突き放されたように感じたのだ。悔しくて、悔しくて、けれども正面から反論するには勇気がいる。

――だから、ミラボーに近づいたか。

意識してか、あるいは無意識の行動か、いずれにせよ、デムーランは勇気を手に入れる手続きとして、獅子《しし》の威を借りることにしたようだった。

今や全てを看破しながら、やはりロベスピエールは声には出さなかった。自信がなくて、ついつい誰かに頼りたくなって、そうすると、まさに頼られるために、そこにいるような男がいてと、同じような経験は自分にも覚えがあるからだ。

あの頃は弱虫だった、甘えていたにすぎなかったと反省ある今であれば、そう他人に正面から扱《こ》き下ろされたときの痛みも、想像できないではなかった。

「だから、悪かった。ああ、カミーユ、あやまるよ。私は確かに言論の自由を侵害した。それは恥ずべき卑劣な行いだった」

「卑劣とまではいわないけれど……」

言葉を尻つぼみにすると、デムーランの目が弱気に泳いだ。やはり、世のなかを敵に回せる男ではない。ミラボーのようにはなれないし、この私と比べたときでも、やはり器が小さいといわざるをえない。そうは思いながら、ロベスピエールは相手の狼狽《ろうばい》など、少しも気づかなかったふりをした。いや、確かに私は卑劣だったよ。でなくても、小さな男だよ。ああ、君のいう通りさ。ミラボーなら、謝罪訂正なんか決して求めないだろうな。

「ただ、そのミラボーも君の事情を聞けば、さすがに忠告するとは思うぞ」

「な、なんの話だよ、マクシム」

「だから、あまりリュシルに心配かけるなというんだ」

「…………」

「最近のカミーユは怖い、先輩の貴方《あなた》から話してみてくれないかと、そう頼まれて来たんだよ、私は」

嘘《うそ》ではなかった。思いつめたが最後で、どんな大胆な真似も厭《いと》わないリュシル・デュプレシは、侃々諤々《かんかんがくがく》の議論が戦わされているジャコバン・クラブを訪ねてきたのだ。あげくに呼び出されて、ロベスピエールが訴えられたことには、最近のカミーユは怖いと。なにを考えているのかわからないと。私のことなど眼中にないようだと。

「ちっ、なんだって、リュシルは……」

「今度も君は責めるかい、あの可愛らしいひとを」

「い、いや、責めはしないけど……」

「ああ、カミーユ、責めないでくれ。私の落度が君の苛々《いらいら》の原因だったというなら、何度でも謝るから、それで収めて、もうリュシルのことは責めないでくれよ」

なんだか、ひどく疲れた。マレ地区サントンジュ通りの下宿に帰りつくと、ロベスピエールは真実ぐったりしてしまった。

崩れるように寝台に倒れると、起き上がる気力が湧《わ》くまで、しばらくかかる。そのまま眠りこみでもしたら、上着が皺《しわ》になってしまう。だから着替えてからにしようと、普段から自分に戒めているのだが、それでも横にならずにいられないときがある。

「疲れた」

そう独りで呻《うめ》くことが、最近とみに増えていた。

当たり前だ、ともロベスピエールは思わないではなかった。なにせ革命も一周年を祝うまでになったのだ。全国三部会の開催は、それに先立つ一七八九年五月であり、そこから数え始めれば、もう議員として一年以上も激務に堪えてきたことになるのだ。

――充実している。

フランスを改革するため、議会に己の思うところを訴える。跳ね返されても諦《あきら》めず、ジャコバン・クラブに持ち帰る。妥協のない議論で仲間と切磋琢磨《せっさたくま》しながら、そうして練成したものを再びの議場にかける。その全てがフランスを良くするという、価値ある偉業に通じていく。これだけ充実した日々を送れるなんて、自分は幸せ者だともロベスピエールは考えていた。が、その幸福の代償として、心も、身体《からだ》も、ひどく疲れてしまうのだ。

――なのに慰めもなし、か。

寝台のうえで寝返りを打ちながら、ロベスピエールは思わないでいられなかった。カミーユも今頃はリュシルに会っているだろうなと。苛々してすまなかったとか、ずいぶん心配かけてしまったとか、言い訳めいた猫撫《ねこな》で声をかけながら、あの女の折れそうな肩くらいは抱き寄せているんだろうなと。

「うん、うん、わかった。うん、うん、マクシム、君にも気を遣わせてしまった」

こちらにも謝罪の文句を並べて、デムーランは最後は態度を和らげた。やはり、おひとよしだ。やはり、戦いきれない性格なのだ。うん、うん、だから、早速リュシルに会いにいってみるよ。別に避けていたわけじゃないんだ。君のことも、そうだよ。ああ、マクシム、君のことは今でも無二の親友だと思っているんだ。

「そうだ。近いうちに食事でもしよう。リュシルも呼んで、一緒にね。いや、三人というのも変だから、ああ、そう、アデルも呼ぼう。いや、実はリュシルには姉さんがいるんだけど、これが聡明な感じの美人でね」

美人か、とロベスピエールは小さく呟《つぶや》いた。と同時に右手が股引《ももひき》の奥に潜り、そこで息を荒らげるものを握りしめた。ああ、別に女嫌いというわけじゃない。私とて思われているほど堅物ではない。それに、もう三十二歳になる。

——妻くらい娶《めと》っていて、おかしなことはないんだ。

ロベスピエールは今度は反対側に寝返りを打った。ああ、結婚も悪くないな。私はフランスのために仕事をする。そんな私を支え、励まし、慰めてくれる女性が傍《そば》にいるというのは、うん、確かに悪くないな。ぶつぶつと呟きながら、一緒に右手を動かし続けていれば、現に快感の兆しがないではなかった。ああ、身を任せてしまっていいんだ。議員が妻帯して悪いということはないんだ。

——いや、まて。

がばと起きて、ロベスピエールは机に急いだ。が、卓上に探しものはなかった。さっと血の気が引いた感覚があるも、途中で思い出すことができた。ああ、あの手紙は上着の隠しに入れたのだった。デムーランを訪ねる、ついては同じエーヌ県の出身なのだから、ひとつ知らないか聞いてみようと持参したのだ。

そう記憶を取り戻せば、所望の紙片はやはり自分の懐で温《ぬく》んでいた。広くピカルディ州といえば、自分の故郷でもある土地から届けられた、それは熱烈な支持者という男からの手紙だった。

「専制主義と陰謀の急流に曝《さら》され、ぐらついている祖国を支えている貴殿。神と同じに奇蹟《きせき》を通じてのみ現出しておられるかの貴殿。この哀れな故郷を救う偉業において、貴殿を小生に結びつけてほしいと懇願するために、小生は貴殿に一身を捧《ささ》げる所存です。貴殿のことは直接存じあげないけれど、貴殿は偉大だ。貴殿は単に地方を代表する議員というだけではない。貴殿は人類を、万民のものである国というものを代表する議員であられるのです。

どうか、小生の望みをお笑いくださいませんよう」

大袈裟《おおげさ》だなとは思いながら、ロベスピエールとしては悪い気がしなかった。驕《おご》り昂《たかぶ》るつもりはないが、これほどまでの讃辞に値するように、ますます精進《しょうじん》しなければと、新たな意欲が湧き上がる。

――ああ、頑張らなければ。

ああ、いくらか疲れたからといって、この私は挫《くじ》けるわけにはいかないのだ。この偉大な仕事が終わるまでは、安易な安らぎを求めて、女なぞに逃げるわけにはいかないのだ。そう自分に言い聞かせると、ロベスピエールは手紙を畳んだ。いや、畳んだものを半分だけ開き直して、ひとつ最後に確認した。

「エーヌ県選挙人、ルイ・アントワーヌ・レオン・ドゥ・サン・ジュスト」

それが末尾に記された署名だった。

15――髪型の違い

ブリソというのは、なかなか面白い男である。細長い顔だけみれば地味で、むしろ冴《さ》えない風貌《ふうぼう》なのだが、ひとたび口を開かせれば、どうして、なかなか面白いのだ。

――逆に退屈なようでは困るさ。

そう突き放す気分も、デムーランにはないではなかった。ジャック・ピエール・ブリソ・ドゥ・ワルヴィルは『フランスの愛国者』という新聞を発行する、つまりは同業者だった。かぎられたパリの読者を奪い合うのだから、それも手強《てごわ》い競争相手といわなければならない。

一七八九年七月二十八日に発刊して、今日まで途切れなく続いている『フランスの愛国者』は、読み捨てならざる見識ありと世評も高いものだった。見識に乏しい大衆の受けは今ひとつに留《とど》まらざるをえないのだが、かわりに有識層に好んで読まれる。別な言い方をすれば、議員や選挙人が熱心に目を通す。

ブリソ自身が今ではパリの選挙人だった。ジャコバン・クラブに名前を連ねて、論客たちの間でも評判を大きくしている。是非にも意見を賜りたいと、未《いま》だ議員ならざる身にして、議会の法制委員会に臨席を求められることさえある。

――とはいえ、それもこれも革命の僥倖《ぎようこう》というべきか。

土台がシャルトルの裕福な仕出し屋の息子である。貧しい出ではないし、きちんと教育も授けられて、相応の学もある。にもかかわらず、三十五歳で新聞を発刊する最近まで、ブリソは何者でもなかったのだ。

自称作家というか、自称ジャーナリストというか、いずれにせよ、これという確たる生業《なりわい》はなかった。イギリスに遊学したり、アメリカを見物したりで、無為の時間をすごしていたわけではない。かかる豊富な見聞が、今の話の面白さに通じている面もある。仏米協会の会員だったり、黒人友の会の創設者のひとりだったりもしている。が、そうして胸を張ってみせられても、それまでの世間は白眼視して片づけることしかしなかったのだ。

実際のところ、一七八九年までは新聞社を興しては潰《つぶ》し、著書を出しては借金を増やすばかり、起死回生とばかりに全国三部会の議員に立候補してみても、やはり落選の憂き目にあいと、さんざんな人生を余儀なくされている。

――まあ、僕もひとのことはいえないが……。

同類を任じるだけに、デムーランはただ同業者として誼《よしみ》を通じるだけではなかった。半端者が寄り合い、知り合う場所は他にないというか、ブリソも本をただせば、ミラボー伯爵のところに出入りしていた男なのだ。

それもデムーランのように、ここ一年、二年の話ではない。そろそろ十年になるという、ミラボーの取り巻きのなかでも古株、まさに筋金入りである。

――だから面白いのだと、そういうほうが正確か。

ミラボーの一番弟子は、最近の話でいえば、必ずしも師匠と政見を同じくするわけではないようだった。が、それだけに独創の妙味が加わり、吐き出される言葉にも自ずと磨きがかかっていく。

最新号の『フランスの愛国者』でも、ブリソは独創の論を展開していた。曰《いわ》く男子の髪型にも革命的なそれと、反動的なそれがあるのだと。

なんでも愛国者にふさわしいのは、鬘《かつら》をかぶらず、髪粉も振らず、自毛のまま、鏝《こて》さえ当てない短髪なのだそうである。自然で、しかも手間いらずであれば、その分だけ煩わされることなく、社会改革に思いを馳《は》せることができるからだ。

反対に重たい鬘を持ち出して、うねうねと波立たせ、あるいは額の毛を高く立ち上げ、はたまた中国人の辮髪《べんぱつ》を真似《まね》て編んだものを背中に垂らすような長髪というのは、貴族的な虚栄と頽廃《たいはい》の徴《しるし》に他ならない。上辺を飾ることに忙殺されて、フランスの本質的な発展など考える暇もなくなるからだ。

——といわれても、わかるような、わからないような……。

唱えるブリソは、もちろん素気ない短髪である。こちらのデムーランはといえば、鬘ならざる自毛であり、髪粉を振るわけでもないながら、短く刈りこんではいなかった。熱した鏝で整えるまでもなく、強情な癖毛は生まれつきだが、もじゃもじゃ伸ばし放題にして、長髪は長髪なのだ。とすれば、これも革命的でないことになるのか。

——むさくるしいのは認めるが……。

貴族的であるとか、頽廃的であるとか、そんな風には思えない。苦笑半ばで、問題の長髪頭をこそガリガリと掻《か》きながら、デムーランは傍聴席を見回した。

一七九〇年八月三十一日、審議を控えるテュイルリ宮殿調馬場《マネージュ》付属大広間は、その日も朝から満席になっていた。

がやがやしながら、互いに情報を交換したり、あるいは議事の進捗《しんちょく》を注釈したり、はたまたジャコバン・クラブの議論を再現してみたりと、まさに革命的な輩《やから》が枚挙にいとまがないわけだが、試しに気にして眺めてみると、確かに短髪が多かった。手元の筆記用具を検《あらた》めるために顔を伏せ、かわりに素気ない頭を押し出しているような手合いは、なにも最前列のブリソひとりだけではなかったのだ。

デムーランは議席のほうにも目を転じた。早いもの勝ちの席取りの心配がないので、傍聴席に比べると埋まり方も緩やかであるとはいえ、もう九時に近い時刻であれば、議員たちも大方は揃《そろ》ってきていた。

——こっちは、まだまだ長髪が多いかな。

とりわけ、保守で知られた右列は長毛の鬘ばかりだった。元が貴族代表という手合いが多いので、昔ながらの癖が抜けないということか。かてて加えて、たっぷりの髪粉まで振りかけられているらしく、あたりが白いもので薄《うっす》ら煙っているようにもみえた。中央の平原派《プレーヌ》になると、大半が質実剛健のブルジョワで成るせいか、鬘もかぶれば、髪粉も振るものの、その様子は随分と慎ましくなり、巻毛も耳のうえで一巻き、二巻きする程度で収まっていた。革命的であるという自毛の短髪は、新生フランスを指導するべき議会においては左列の革新派まで来て、ようやく紛れ始める感じである。

もしかブリソの新聞を読んで、わざわざ改めた輩がいるかもしれない。とはいえ、なお耳を貸さずに鬘をかぶり続けたからと、それを平素声高に唱える理想に反して、実は反動的であることの証拠なのだとも申せまい。だとすれば、正論の闘士、不動の論客、マクシミリヤン・ロベスピエールともあろう男が、貴族的との謗《そし》りを受ける。ルイ・ル・グラン学院の先輩は、その日も白毛の鬘だった。革命的だの、貴族的だの、おかしな物差で眺めているうち、デムーランは噴き出しそうになった。思い出したのは「ドゥ」は貴族的であるとして、この旧友が「マクシミリヤン・ドゥ・ロベスピエール」という名乗りを改めた一件だった。どういう由来の「ドゥ」だったのかと聞けば、不機嫌になるばかりなところから推して、土台が意外な見栄張りだった証拠である。それで恥をかいていながら、なお鬘のほうは愛用するままなのだから、思想信条が貴族的でないとしても、貴族に憧《あこが》れくらいは覚えていたのかもしれない。

――そんな風に取り沙汰《ざた》すれば、また意地が悪いことになるか。

ロベスピエールの悪口は止《や》めようと、そう心に決めたデムーランでもあった。自らの誓いに則して、慌てて弁護を試みれば、白毛の鬘そのものは項《うなじ》にかけた隆起も小さなものにすぎなかった。貴族の模倣というより、法曹の身だしなみだ。癖が抜けないというならば、弁護士として法廷に立っていたときの習慣なのかもしれない。

そもそもが几帳面《きちようめん》な男である。隙《すき》もないような着こなしで黒衣を纏《まと》い、きっちりクラヴァットを首に巻けば、左右の蝶《ちよう》の大きさを神経質なくらい等しく揃え、こんな調子で装いを整えていくかぎり、きちんと鬘もかぶらないでは、気持ちが落ち着かないということだろう。

やはり、取り沙汰する意味もない。髪型と政治の主義主張などは、必ずしも関係あるものではない。

――とはいえ、それが軍隊となると……。

髪型の違いから、その腹中までを見分けられるのかもしれない。むううと唸《うな》るデムーランは、また別を考え始めた。

戦場では鬘などかぶれない。兜《かぶと》なり、帽子なりをかぶるので、実利の意味からも兵士は短髪にならざるをえない。が、それは兵卒の話にすぎないという理屈もある。

実際のところ、軍隊でも将校から上は、大仰な鬘をかぶるのが常だった。戦闘の邪魔になるもならないもなく、連中は戦場に足を運ぶことがあっても、銃弾飛びかう前線までは出ないからだ。なるだけ危険を避けようとするのみならず、いつでもヴェルサイユに戻れるようにと、軍服に泥ひとつ埃《ほこり》ひとつ、つけたがらないくらいなのだ。

――ならば、いっそう鬘になる。

かくて軍隊では鬘の長髪と自毛の短髪が、はっきりと分かれてしまう。これは個々の好みや性格の差では片づけられない。単なる上下の違いでしかない、政治的な主義主張は関係ないなどと、笑い飛ばすこともできない。そんなことを考えているうちに、議長ドゥ・ジェッセが今日の議会の開会を宣言した。ええ、ええ、議題が山積しておりますので、早速ながら始めたいと思います。

「議会秘書より二通の手紙が届けられました。一通は国防大臣ラ・トゥール・デュ・パン閣下よりの手紙で、議会にブイエ将軍の手紙を回状する旨を告げたもの、もう一通が早便でメッスより届けられた、そのブイエ将軍の手紙です」

ブイエ侯爵フランソワ・クロードは東部方面軍の司令官だった。オーストリア領を見据える国境地帯には、いくつかの要衝に分かれて、普段から多数の軍隊が駐屯していた。そうした基地のひとつが、ナンシーにも置かれていたが、管轄する侯爵がパリに寄せたのは、いわゆる「ナンシー事件」の処分に関する報告だった。

16――ナンシー事件

八月五日、ナンシーで兵士の暴動が起きた。これが革命の進路にとって、由々しき事態であったというのは、新生フランスの本音が試される格好だったからである。

憲法制定国民議会は五月に兵士俸給の増額を決めていた。一連の国政改革の流れで決議された厚遇であり、どの駐屯地でも給料日が楽しみに待たれた。にもかかわらず、その増額分が末端の兵卒までには届かなかったという。

少なくともナンシー駐屯地では、そうだった。兵卒たちの間では、将校連中がピンはねして、くすねたに違いないとも囁《ささや》かれた。実際に上官に問い合わせても、この物価高なのだから、些《いささ》かの増額分など支給のパンの増量で綺麗になくなったと、それくらいの返事だったらしい。

真相は真相として、いうまでもなく、下は納得することができない。かたや将校、かたや兵卒と分かれて、互いに睨《にら》み合う日々が続いた。わけてもスイス傭兵《ようへい》の連隊、出身地に因《ちな》んで呼ばれたシャトーヴュー連隊では、みるみる不満が高まった。敬礼拒否、命令不服従と、あからさまな反抗が高じたあげくに、幕僚部の行政を監視する権利を要求して、どうでも容《い》れられないと悟るや、ついに連隊あげての暴動に突き進んだのだ。

兵営に籠城《ろうじょう》することで、スイス傭兵たちは抗議の反乱を長期化させた。当然、ナンシーは恐慌を来《きた》す。かかる事態に八月十六日、憲法制定国民議会は反乱兵士を国家反逆罪に問う議決をなした。続く十八日には、北隣メッス駐留の司令官ブイエ侯爵に出動が命じられ、実力行使で騒擾《そうじょう》鎮圧が図られることになった。

「フランス歩兵三千、ドイツ騎兵千四百、さらにナンシー国民衛兵隊七百の陣容で進軍し、その作戦を今日八月三十一日に実行する。ついては議会は二人の全権代表をナンシーに派遣して、事後の処分にあたるようにしていただきたいと、それがブイエ侯爵が手紙で求めた内容なわけです」

議長ドゥ・ジェッセは議事冒頭の報告を終えた。すぐさま審議に進もうとしたところ、その仕切りを遮るかの大声が傍聴席から発せられた。

「そんな馬鹿な話があるか」

いきなりの全否定はダントンだった。ブイエの鎮圧作戦なんか認められるか。議会が全権代表を送るんなら、事後の処分じゃなくて、事前の調査のためだろうが。てえのも、誰が聞いても、ナンシー事件の真相は他にありえねえじゃねえか。

「要するに兵隊は、貴族の横暴に屈しなかっただけだ」

ダントンの話しぶりには、聞く者に嘆息を強いるような妙味はない。が、猛然たる声と言葉の迫力で、場の空気を一気に攫《さら》う手際となると、まさに右に出るものがない。このときも議長ドゥ・ジェッセは、傍聴席に奪われた議事を容易に取り返せなかった。豪傑が分捕ってきた発言権に便乗しながら、続ける輩《やから》が次から次と現れたからだった。

「おおさ、人民ばかりが一方的に処罰される法があるか」

「それとも、なにか。議会は貴族の味方ということなのか。こっちの貧しい庶民なんか、踏みつけにされて当然だと思ってるのか」

「ブルジョワの旦那方《だんながた》も薄情なもんじゃねえですかい。ナンシーじゃあ、国民衛兵隊が出たんでしょう。そいつはブルジョワの軍隊でしょう。同じ第三身分だってえのに、哀れな貧乏人には鉄砲なんか向けるわけですかい」

「ああ、まったく恥ずかしい話さ。というのも、シャトーヴュー連隊だって一七八九年七月十四日、あのバスティーユ陥落の日にはパリに動員されていたんだぞ。それでも我々に発砲したりはしなかったんだぞ」

「全体なんの話だ」

叱《しか》りつけるかの声が返った。議席からのようだったが、誰の声かはすぐには聞き分けられなかった。それでも右列からだと、それくらいはわかる。

「ああ、貴族だの、平民だの、ましてや金持ちだの、貧乏人だのは関係ない。ブイエ侯爵が遂行なされんとしているのは、反乱を起こした兵士の懲罰なのだ」

そう続ける段になって、右列に紛れていた議員は、いよいよ椅子《いす》から腰を浮かせた。メッス管区選出の貴族代表で、確か名前はキュスティーヌ伯爵だった。選挙区に常駐する懇意の将軍、ブイエを弁護したいというのだろう。そのうえで、さっさと片づけてしまおうというのだろう。しかし、そうは問屋が卸さない。

「だから、それは反乱ではないといっております」

ブリソだった。風采《ふうさい》の上がらない男であれば、新進気鋭の論客と知る由もない人間は、やはりといおうか、そう出るだろう。キュスティーヌ伯爵は警戒する様子もなく、正面きって論戦を受けてたった。

「反乱でなくて、なんだというのだ」

「革命です」

それがブリソの答えだった。兵士が反乱を起こしたとか、そもそもが上官に服従しなかったとか、そんな話は上っつらにすぎません。ナンシーの兵士たちは自らの意思で、パリの革命に追随することを決めたのです。蜂起《ほうき》に踏み出した一歩は、理想を勝ち取るための偉大な一歩、パリジャンがバスティーユに踏み出した一歩と同じなのです。

「なんとなれば、将校どもの髪は長い。ごてごてした鬘をかぶる貴族ばかりということです。対するに兵卒は髪が短い。なべて平民ばかりだからです」

観念論に留《とど》まらない、それこそは現実だった。アンシャン・レジームの軍隊は、将校は貴族、兵卒は平民と相場が決まるものだった。中世の昔にいう騎士の血統であるからと、貴族は軍職を好んだが、その軍歴も一兵卒から始めることなどなかったのだ。人脈を利して、高官に働きかけ、はじめから将校の辞令を出してもらうのだ。

反対に平民は、どんなに現場で経験を積み重ね、はたまた戦場で手柄を立てようと、せいぜい下士官止まりというのが常だった。金持ちブルジョワの息子が兵学校に進み、砲兵、工兵というような技術系を専攻し、かかる専門知識をひっさげて赴任して、運がよければ将校まで昇進できるかと、その程度の例外があるだけである。

「兵士に志願したからには、大方は貧しい庶民です。スイス傭兵の区分で入隊していますが、シャトーヴューはフランス語を話すスイス国境の町《ムニシパリテ》、そこから出てきたシャトーヴュー連隊の兵士たちは、つまりは僻地《へきち》で職にあぶれたフランスの若者たちなのです。かかる平民の意思こそ市民の権利として、きちんと守られなければならない。かかる大前提を憲法制定国民議会ともあろう機関が疎《おろそ》かにしてよいのでしょうか」

火のような拍手が湧《わ》きあがっていた。傍聴席は足まで踏み鳴らしての激賞だった。キュスティーヌ伯爵はじめ右列は苦々しげな表情ながら、議席でも左列のほうは惜しみない拍手なのだ。

ブリソに続かんとする声も、上の傍聴席から、下の議席と、交互に飛び出してくる。

「実際、ナンシーの兵士たちは不当な真似《まね》などしていない。むしろ勇気を奮い立たせて、己の正義を全うしたのだ。なにせ貴族の搾取に、まっこう抵抗したというのだ」

「おおさ、ピンはねが貴族特権だったのは昔の話だ。そんなもの、綺麗に廃止されているんだ」

「というか、貴族自体がなくなってる。身分がなくなっている。今は誰もが平等な市民なんだ。不服従だの、反乱だのと唱えるが、土台が貴族のいうことを聞かなくてはならない義務など、もうなくなってしまってるんだ」

畳みかけるように騒いだのは、あるいはジャコバン・クラブの面々だったというべきか。譲れない論点だというのも、それがナンシーだけの話ではないからだった。火の手が上がったのが、たまたまナンシーだっただけで、本をただせばクラブの地方支部が軍隊を狙《ねら》い撃《う》ちに、駐屯地という駐屯地で広めた運動だったのだ。

「けれど、それは、やっぱり軍隊の話なのだ。上官が上官、部下が部下であるかぎり、ナンシーの兵卒が手を染めたのは、重大な軍紀違反ということになる」

そう返して、キュスティーヌ伯爵も負けてはいなかった。ナンシーの将校たちも、貴族として命令したわけではない。ブイエ将軍も、貴族として鎮圧作戦に乗り出すわけではない。

「そもそもが俸給が少ないようだという話、つまりは金の話にすぎなかったのではないか。はん、理想のために立ち上がったのでも、大義のために武器をとったのでもない。ナンシーの兵士どもは金ほしさに上官に逆らったのだ。そんな卑しい行動を、ことさら革命などという言葉を持ち出して、いちいち美化されるのでは堪《たま》らない……」

「いや、だから、貴族が将校でいられること自体が、おかしいといっているのです」

ブリソが再び前面に出た。上官という隠れ蓑《みの》で、貴族制度が温存されている。部下という足枷《あしかせ》を嵌《は》められて、いまだ人民は虐げられている。そうした軍隊の悪弊を正さずして、どうして一方的な処分ばかりを急がなければならないのだと、それが我々の怒りなのです。

「一方的ではあるまい。公平な観点から議論が尽くされた結果ではないか」

「はん、冗談も大概にしていただきたい。あなた方が尽くしたのは、おべっかばかりではないのか」

「なんの話だ」

「だから、みんな知っているということです」

「だから、なんの話なのだと聞いている」

「それは……」

「黒幕はラ・ファイエットだという話だ」

さすがに躊躇《ちゅうちょ》したブリソにかわって、答えてのけたのは再びのダントンだった。ああ、ナンシーの武力鎮圧を命じたのは、ラ・ファイエットだろう。てえのも、ブイエ将軍は同じオーヴェルニュ出身の貴族じゃねえか。のみか、血のつながりある従兄弟《いとこ》という話じゃねえか。

「ラ・ファイエットの従兄弟だからこそ、議会はろくろく議論もしないで、あっさりブイエ将軍の支持を決めちまったんだと、そういう絵図なんだろう、じっさいが」

友の言葉を聞きながら、デムーランは何度か目を瞬《しばたた》かせた。いったのか、本当に……。豪胆で知られたダントンにして、本当に……。というのも、仄《ほの》めかしの程度で十分に通じるのだ。こうまでの明言は、なかなかできることではないのだ。

――誰もが知る自明の真相であれば、なおのこと……。

国民衛兵隊まで動いたからには、その司令官が知らない話ではありえない。ナンシーの反乱兵士を鎮圧すると決めて、ブイエに命令できる人物は、ラ・ファイエットを措《お》いていない。宣戦講和の権限の所在を巡り、議会が紛糾した顚末《てんまつ》から明らかなように、今や王は軍隊に自由に命令を出すことができないからだ。命令するのは勝手としても、議会の承認がなくては、ただの一兵たりとも動いてくれないからだ。

「反対に、その議会を牛耳る人物には、軍隊は手足同然になる」

先般の全国連盟祭にみたように、もはやラ・ファイエットは王さえ超えた国家の第一人者だった。国民衛兵隊司令官として、全国のブルジョワ民兵に絶対の忠誠を捧《ささ》げられながら、同時にパリ方面軍司令官として、あるいは人脈を誇れる累代の大貴族として、王の正規軍にも多大な影響力を振るっている。そういう男が同時に議員として、憲法制定国民議会にも小さからぬ発言力を有していたのだ。

「まさに世界はラ・ファイエットの思うがままだ」

知らず声に出していたらしい。

「とすると、全国連盟祭なんか嘘八百《うそ》だったということだね」

いや、騙《だま》された、騙された。大騒ぎの傍聴席に隠れながら、皮肉屋のマラが応じて茶化した。ふふ、ふふ、もちろん私は騙されなかった。カミーユ、君にしたって騙されることなんかなかった。けれど、あの七月十四日には、フランス人の大半が騙されたんだよ。

「はん、なにが私は誓うだ。国民、法、王に対して、常に忠実であることをだ。ラ・ファイエットが忠実なのは、己の欲望にだけじゃないかね」

デムーランは大急ぎで頷《うなず》いた。その通りだよ、マラ。つまりは自分のためと、人民のためを両立できない男なんだ。自分のためなら、ブルジョワのためを図るんだよ。自分のためなら、反動貴族の味方さえするんだよ。自分のためなら、力ない民人《たみびと》なんか平気で切り捨てるんだよ。

「ラ・ファイエットは早くも馬脚を露《あら》わしたんだ」

許されざる欺瞞《ぎまん》だ。似非《えせ》の英雄を引きずりおろせ。一方で王を貶《おとし》め、もう一方で人民のためになるわけでもないラ・ファイエットは、まさに両世界の英雄、もとい両方面の裏切り者ではないか。そんな風に言葉を並べて、本当ならデムーランも声をかぎりと叫びたかった。実際に大きく息まで吸いこんだのだが、それを吐き出す寸前で思い返した。

ああ、やめておこう。

――告発されたばかりなんだし。

七月三十一日の告発に対するデムーランの弁明が議会で取り上げられたのは、ナンシー事件の僅《わず》か三日前、八月二日のことだった。

正直、あれから心穏やかでいられない。どんどん不安が高じるままに、自分の身に今にも危険が迫るのだという、息苦しい強迫観念にも取り憑《つ》かれている。無事に告発が取り下げられた今なお、デムーランは自重を心がけないではいられないのだ。

「静粛に、静粛に」

議長ドゥ・ジェッセが収拾をはかっていた。議席と傍聴席が激論を交わすなど、議場の様子はまさに混乱を極めたものだった。が、ブリソにせよ、ダントンにせよ、こんな風に声を張り上げてよかったのか。それこそラ・ファイエットに睨まれる愚挙ではないのか。

——僕は静かにしていよう。

無難に静かにしていようと、デムーランは自分の心に繰り返した。ああ、そうなのだ。ナンシーの兵隊たちのように、銃を向けられることのないように……。

17――奮闘

議会が平静を取り戻すと、一番に発言を求めたのが、左派のアレクサンドル・ドゥ・ラメットだった。訴えたのが、徒《いたずら》に議決を急ぐのでなく、ブイエ侯爵の手紙を軍事委員会に回して、詳しい検討を行うべきという提案だった。

右派のキュスティーヌ伯爵は、いうまでもなく反対した。ブイエ閣下の申し出に反対する理由はない、軍事委員会の意見を求めるまでもないの一点張りで、議論は平行線を辿《たど》るばかりなようにもみえた。

そこに果敢に飛びこんだのが、マクシミリヤン・ロベスピエールだった。

「ええ、ええ、委員会の検討など、確かにあてになりませんな」

そうやって左派の意見を覆すかの発言から始めながら、ロベスピエールの要求は輪をかけて徹底したものだった。

「というのは、閣僚の手紙を目を皿にして読みこんでも、そこから得られる情報には自《おの》ずと限りがあるからです。ええ、ナンシー事件の全容は、未《いま》だ解明されたわけではありません。なんらかの対応を決議しなければならないのなら、我々は細心の注意をもって、真相の究明にあたらなければなりません。してみますと、ブイエ将軍に手紙を託されて、ナンシー国民衛兵隊から二人ばかり、このパリに来ているのです」

その二人を議会に召喚して、とりいそぎ事情聴取を試みてはどうかというのが、ロベスピエールの提案だった。

議長の判断に委《ゆだ》ねられたときは、否決されて当然という見方が強かった。少なくとも傍聴席の下馬評ではそうであり、不気味な平原派の連中は動くまい、となればラ・ファイエットの横暴が罷《まか》り通ると、早くも憤慨の声が吐かれたほどだった。

それが認められたというのは、次に発言を求めたミラボーが、支持を表明したからだった。いわく、ナンシー国民衛兵の事情聴取は悪くない、そこから新しい情報が得られ、得られることによって議員に新たな確信が生まれ、あげくに早期の議決に運べるなら、試みて無駄ということはない。

ロベスピエールの提案は容《い》れられた。午前のうちに事情聴取も実現したが、結論からいって、二人の国民衛兵の口からは、さほど新しい情報は得られなかった。ブイエ将軍の手紙のほうが、まだしも詳細を伝えたほどで、いずれにせよ真相究明には程遠い。にもかかわらず、それで議論は尽くされたとして、午後の議会は委員会提言へと進んだ。

軍事委員会の代表は、第三身分代表ながら、やはりメッス管区から選出された議員、エムリィだった。その口から提言されたのが、ブイエ将軍の求めに応《こた》えて公にされるべき議会宣言案だった。

「憲法制定国民議会は、国防大臣に宛《あ》てられたブイエ閣下の書簡を精査し、そのうえで提出された軍事委員会の報告に鑑《かんが》み、次のような宣言を行うものとする。

一、ナンシー市の平和を再建するために、陛下が下された賢明なる処分に、議会は全幅の信を置くものとする。

一、議会はブイエ将軍がなしたこと、なすだろうことの全てを、国王命令に従い、また議会決定を遂行したものと認める。

一、反乱兵士に味方した者がいれば、兵士と同様に武力で追討されるべきことを議会は認める。またナンシー市の平和を再建するために必要な全ての助力を、ブイエ将軍に与えよとの命令を県庁に発するよう、王に求める」

当初の予定通りといおうか、ブイエ将軍の処断を支持する内容になっていた。が、これでは議会がすんなり通すわけがない。形ばかり王の名前が持ち出されるほど業腹だ。あるいは大半が賛成やむなしと考えようと、左派だけは抗弁を試みないでは済まない。

演壇に進み出たのは、やはりロベスピエールだった。

目尻《めじり》が上がった、きつい顔になっていた。自らの提案が議論を尽くした体裁を整えるためだけに使われた格好であれば、なかんずく収まらない勢いだった。ええ、ひとつ確かめておきましょう。これは本質的に公安の問題です。であるからには、憎しみとか、怒りとか、そうした醜い感情に駆られる必要はないのです。平和を愛する心で、あるいは法を敬う心で、取るべき方法を思案すればよいのです。かかる観点から、エムリィ案を検討してみると、どういうことになりましょうか。

「本案は反乱兵士に武力行使で報いるという、国王陛下とブイエ閣下の決定を支持する内容になっています。軍隊の理屈としては、なるほど上出来といえましょう。けれど、公安の理屈としては、どうか。武力が行使されるのですよ。兵隊が街に乗りこむというのですよ。ことによると、鉄砲まで撃ち放つというのですよ。ナンシーが混乱するのは必定《ひつじょう》です。街が破壊される懸念もないではない」

そうした言葉で想像を促されれば、たちまちにして嫌な気分が議場に満ちた。議席の人間も、傍聴席の人間も、その大半が一七八九年七月を体験していたからだ。陸続と軍隊が集結して、ヴェルサイユに、パリに、今夜にも踏みこんでくるかもしれないという緊迫感は、その記憶を取り戻しただけで、今でも息苦しくなってしまうほどなのだ。

「そうした警告を聞いて、なおブイエ閣下の判断が最善と信じて疑わない向きには、もう何もいいますまい。けれど、僅《わず》かでも疑問を感じるのであれば、ひとつ考えてみてください。それが憲法の遵守《じゅんしゅ》に関わる問題であることを。つまりは法が全てに優先するのでなくして、公共の幸福というようなものまでが閣僚の手に委ねられ、革命前と同じように勝手に処断されてしまってよいのかどうかと」

そこでロベスピエールは、演説に一拍の間を置いた。しばし挟まれた空白に、舌打ちのような音が聞こえた。加えるに、ふんと鼻から息が抜かれる気配まで続いた。

マクシミリヤン・ロベスピエールは、すでにして知られた論客のひとりである。わけてもジャコバン・クラブでは屈指の理論派として、一目も二目も置かれている。それが議会に場所を移すと、原理原則だけの頭でっかち、現実がみえない空論家と無視され、ときに馬鹿にされる嫌いもないではなかった。

——とすれば、よくやる。よくやる。

めげずに、よくやる。演説の再開を見守りながら、デムーランはといえば皮肉でなく、旧友の奮闘を素直に認めたい気分になっていた。頭でっかちであれ、空論家であれ、とにもかくにも発言するロベスピエールの勇気には、感服せざるをえないからだ。

「ええ、はっきり申し上げましょう。事の全容が明らかになってみれば、あちらの兵士こそ全員が愛国者で、こちらのブイエ閣下の軍隊においては、その全員が専制主義や貴族主義の雇われ人にすぎなかったと、そうした図式を突きつけられないとも限らないのですぞ」

ひときわ甲高く声が響くと、応じて傍聴席は爆発したかの騒ぎになった。その通りだ、ロベスピエールさん。よくぞいってくださった、ロベスピエールさん。ええ、ええ、ロベスピエールさん。

「あなたこそ市民の鑑《かがみ》だ」

声という声に四方を囲まれながら、デムーランは思う。人々の称賛は当然だ。どれだけ羨《うらや》ましく思っても、それは当然のことなのだ。なんとなれば、ロベスピエールは単に勉強ができるだけじゃない。真面目《まじめ》な仕事ぶりが認められて、議員に選ばれただけでもない。己《おの》が理想を正義と信じながら、それを世に問い続けたからこそ、こうして称賛されているのだ。

——そんな真似《まね》が僕にできるか。

できる。僕にだって、できる。そう断じて、こちらは新聞という手段に訴えながら、デムーランも発言を試みてきた。が、もう声を上げる気になれない。告発されてからというもの、すっかり心が萎縮《いしゅく》してしまった。

張り合う気分から意地になっただけで、土台が発言できる玉ではなかったということだ。確信をもって語れる理想も、余人に誇れるだけの正義も、そもそも持ち合わせていなかったということだ。

それが証拠に告発される前から、すでに言動が荒れていた。紙面に訂正を求めたロベスピエールに、我ながら異様なくらいに苛立《いらだ》ち、前後もないほど憤慨したというのも、今にして思うにこの先輩のようにいかない焦りがあったからに違いない。虚勢ばかりは張り続けていながら、その実は自分の限界を感じ始めていたともいえる。

——ああ、僕なんか本当は……。

議場のロベスピエールはといえば、いよいよ発議に手をつけていた。ええ、現実離れした要求を突きつけようとは思いません。ただ国民議会はナンシーに四人の代表《プレジダン》を送るべきです。二人の国民衛兵がなした証言が本当なのかどうかを含めて、事態の全容解明を進めさせるためにです。その間は軍事行動が停止されるべきでしょう。少なくとも議会代表の管理下に置かれるべきでしょう。

18──抗議集会

もう短く刈られた頭しかみえなかった。立錐《りっすい》の余地もない様子であれば、動員四万人という豪語も、まんざら法螺《ほら》ではないかに思われた。

九月二日、パリの群集は大挙テュイルリ宮殿に押しかけていた。

付属の庭園狭しと埋め尽くしながら、もはや界隈《かいわい》を占拠する勢いである。並木を押し倒すとはいわないまでも、玉砂利くらいは遠慮なく踏み散らし、それが不動の敷石ならば、歯がゆいといわんばかりに靴底を叩《たた》きつける。ががやや空気を騒然とさせながら、ときおりは怒号も大きく吠《ほ》え立てる。人々の熱気が折りからの残暑を、いっそう厳しくしたようでもある。

顎《あご》をつたう玉の汗を拭《ぬぐ》いながら、人波に埋もれるデムーランはといえば、ひゅうと口笛ひとつで冷やかすことしかできなかった。

──まったく、よくやる。

群集の怒りは無理からぬ話ではあった。

八月三十一日、憲法制定国民議会は激論の末に軍事委員会提出の宣言案、いうところのエムリィ案の廃棄を決めた。これに勢いづいた左派は、次に雄弁家の呼び声が高まりつつある新進気鋭の議員、アントワーヌ・バルナーヴを演壇に送り出した。満場一致で採択されたのは、そのバルナーヴ案だった。

「憲法制定国民議会は秩序の回復を励まし、いかなる階級の、いかなる地位についていようと関係なく、犯罪者については厳正に処罰する旨を宣言する。ただし罪状が未決の間は、全ての兵士、全ての市民を、国民の名において保護するだろう。また本宣言は愛国心が確かな二人の使節によって、現地にもたらされるだろう。使節が必要と判断した場合は、武力行使の選択肢も否定されないだろう」

ブイエ将軍の求めを容《い》れた折衷《せっちゅう》の趣も付与しながら、大筋では左派の主張を貫徹させる。かかるバルナーヴ案が議会に容れられたこと自体、すでに一定の成果であり、また緒戦の勝利といえた。飛ぶ鳥を落とす勢いのラ・ファイエットも、これで自粛を余儀なくされるだろうからだ。白紙委任で全権を委《ゆだ》ねるつもりはない、フランス版ワシントンは必ずしも歓迎しないと、議会に宣告されたも同然の展開であれば、あえて強硬手段に訴えるとも思われなかったのだ。

——ナンシーでは、なにも起きない。

人民の権利擁護に神経を尖《とが》らせる左派のみならず、事なかれ主義の中道ブルジョワたちまでを惹《ひ》きつけたのは、実はその安堵感《あんどかん》だった。

傍聴席の面々にしても、ある種の達成感を手に家路につくことができた。激しい言葉遣いで筆を走らせる必要もなくなって、不謹慎な感想ながら新聞屋としては退屈なくらいだった。

——それが、どうだ。

九月一日、ナンシーから衝撃の報が届いた。ブィエ将軍は鎮圧作戦を強行していた。反乱を起こしていたシャトーヴュー連隊の、半数を殺し、半数を捕えたというのだ。捕えた半数についても、首謀者と断定した二十人は処刑、さらに他の四十人については、ガレー船送りとなした。漕《こ》ぎ手として軍艦に鎖でつながれ、フランス海軍の生ける動力として働かされる四人の苦役のことだが、いずれも即日の処断であり、まともな裁判が行われた形跡はなかった。

パリでは《ナンシー事件》が《ナンシー虐殺》と名前を変えた。

少なくとも、自粛はなかった。議会の代表、もしくは使節がナンシーに到着していたか否か、そこのところの詳報は聞こえていないが、いずれにせよ、ブィエ将軍は待たなければならなかったはずだ。予定の作戦行動だったとはいえ、前線の一司令官の立場では議会の承認を得るべきだった。執行権の長たるフランス王でさえ、今や議会の意向を確かめないでは、なにごとも行えないのだ。

――行える人間がいるとすれば……。

ひとり、ラ・ファイエットのみである。国政の第一人者の命令と確約あったればこそ、ブイエ将軍も議会の意向を気にしなかったのだと、もはや自明の真相あるばかりだった。にもかかわらず、憲法制定国民議会は速やかに対処できなかった。議員の大半が、それを本当にできなかったからだ。あるいは本当にしたくない気持ちから、徒《いたずら》な自問ばかりを繰り返したのだ。

「まさか、本当に弾圧したのか」

国王も、議会も脇役《わきやく》に押しやりながら、ラ・ファイエット侯爵が専横を極める。開明派貴族とブルジョワを強固な支持基盤として、新生フランスを私物化する。というより、実際そうなってしまう前にと、こちらのほうが神経を尖らせた。このままでは人民の幸福が損なわれる、市民の権利が侵害されるとも、大袈裟《おおげさ》に騒いでみせた。「アメリカ帰り」の美名は虚像にすぎないとか、救世主気どりも遂《つい》に馬脚《ばきゃく》を露《あら》わしたとか、さんざ扱き下ろすことまでしたが、他面では楽観もないではなかった。

――機先さえ制しておけば、無茶はしない。

そう左派の議員も考えたに違いないし、こちらのデムーランにしても、悪名を恐れた自粛が心がけられるものならば、これぞ新聞屋冥利《みょうり》ではないかと胸を張ってきた。

――はっきりいえば、甘い。

我ながらに甘い。が、そうした甘さが抜けずにいたのは、どこかでラ・ファイエットを信用していたからでもあった。つまりは「両世界の英雄」とまで呼ばれた男が、革命の精神を踏みにじるような真似《まね》はすまいと。一七八九年の立役者であるには違いないのだからと。

――それがブイエ将軍を動かして……。

ナンシーの顛末《てんまつ》を伝えられれば、しばし愕然《がくぜん》とせざるをえなかった。が、いつまでも茫然自失《ぼうぜんじしつ》としていられるわけでもなかった。国境地帯の兵士であるとはいえ、人民から犠牲者が出たからだ。貴族のためが許らわれて、武力が発動されたからだ。

断じて、支持するわけにはいかなかった。沈黙を容認の印と取られるのも癪《しやく》である。こたびの処断を右派が喜び、また中道ブルジョワが重畳としたとしても、左派と、それを支えるパリの大衆だけは黙っているわけにはいかないのだ。

「ああ、やるならやれ。俺《おれ》たちを殺してみやがれ」

「おおさ、こちとらセーヌの辺《ほとり》に拓《ひら》けたパリ港の人間よ。ガレー船の漕ぎ手に送られるなんて、なんとも上等な話じゃねえか」

「その通り、その通り、どんな罰でも受けてやる。生まれながらの権利を守ろうとする戦いが、許されざる大罪だっていうんならな」

対決の姿勢も露《あらわ》に、怒号が渦巻いていた。議会が使いものにならないとみるや、パリの煽動《せんどう》に動いたのがジャコバン・クラブだった。そのラメット兄弟に持ちかけられるや、各街区《ディストリクト》の有力者に働きかけ、抗議集会の実現に奔走したのが、こちらはコルドリエ・クラブのダントンである。

正式名称で「人類ならびに市民の権利友の会」は、コルドリエ街の仲間たちが四月二十七日に立ち上げた、新しいクラブだった。左派の結社も一月二スーの会費の安さで知れるように、ジャコバン・クラブより庶民的で、いっそう革新的な団体といってよい。

ジャコバン・クラブのように多数の議員を抱えているわけではないので、会員の議論を通じて、議会に提出するべき発議を練り上げるというような活動を主にはできなかった。より直接的な政治活動、つまりは請願、示威、集会等々といった大衆運動に力点を置いているからには、街区の自治活動の延長上にあるというべきかもしれない。

それをコルドリエ街の顔役として、かねて仕切ってきた大立者が、ジョルジュ・ジャック・ダントンだった。その東奔西走の働きが、四万人を集めた九月二日のテュイルリ集会になったのだ。

「さあ、撃ってみなせえ、ドニ坊っちゃん」

「ああ、あんたらが貴族に味方すんなら、どのみち革命は終わりだ。生きてたって、しょうがねえから、ああ、ああ、その鉄砲で、俺のことも撃ってくれや、ボルドヌーヴの旦那《だんな》さん」

　群集が挑発していたのは、パリの国民衛兵隊だった。王と議会が座しているテュイルリ宮の警護に駆り出され、近衛隊《このえたい》と一緒に配置についていたが、どれだけ凜々《りり》しく軍服に袖《そで》を通しても、それを恐れるような様子が群集の側にはなかった。

　国民衛兵隊のほとんどが金持ちブルジョワだったからだ。ナンシーでは哀れな兵卒を撃てたかもしれないが、この都では庶民も虐げられるばかりではないのだ。

　パリの意思は必ずしも上から下に伝達されるものではなかった。バイイ市長の弱さに明らかなように、偉いさんが命令しても、そんなもの、ときには歯牙《しが》にもかけられない。今や全ての動きは下から発し、それが上をも巻きこむという形だからだ。

　テュイルリ集会は末端に位置づけられる街区が、その実力を遺憾《いかん》なく発揮した出来事でもあった。

「てえか、その偉そうな軍服だとか、脅しを利かせる鉄砲だとか、ひとつ俺たちに売ってくれないもんかねえ」

「ああ、たんまりと払ってやるぜ。アッシニャなんて紙屑《かみくず》でよかったらな」

「なんなんだ、この紙切れは。金貨銀貨と同じに使えるなんていうが、同じに引き受けてくれる店なんかねえじゃねえか。額面の半分にもなってくれねえじゃねえか」

　人垣のなかでは話が別に飛び火していた。無関係なようでありながら、少なくともパリ大衆の悩みであり、また憤慨の種ではあった。

一七八九年十二月に発行されたアッシニャは、はじめは教会財産を担保とする国債だった。その債券が九〇年四月の議会決定で、紙幣としても流通することになった。折りからの貨幣不足を受けた話で、金貨銀貨がないならば、かわりにアッシニャで売買すればよいという理屈だったが、これが思うようにならなかったのだ。

土台が人々は「紙幣」などというものを信用しなかった。ただの紙切れじゃないかという感覚が根強いからで、そんなものを金貨銀貨というような、まっとうな貨幣と交換するなど、まっぴら御免となるのは当然の話だった。

少ない貨幣が惜しまれ、また隠されるようになり、かわりに出回るアッシニャのほうは額面を維持できなかった。にもかかわらず、売り出した四億リーヴル分の国庫収入は、この八月で尽きるというのだ。この財政難を解決するべく、新たに四億リーヴル分のアッシニャが発行されるというのだ。

アッシニャの暴落が始まろうとしていた。経済活動の混乱は必至だった。

「ったく、いい加減なことばっかりしやがって。だから、兵隊だって怒るんだよ。ナンシー事件だって、始まりは金の問題だったじゃねえか」

「あげくに貴族に味方する、アンシャン・レジームに戻るってんなら、その前にアッシニャのほうを回収しろってんだ。金のほうを元に戻してくれってんだ」

介入を試みたのは、ダントンのようだった。いや、デムーランの位置からでは、確信は持てなかった。幾重にも人垣ができて、容易に目が通らなかったからだ。てんでに不満が叫ばれるなか、声とて思うようには通ってくれないからだ。

「まて、まて」

それがダントンだったとして、さすがの巨体に、さすがの大声も、今日のところは四万人の群集を向こうに回して、難儀を余儀なくされているらしい。そんなことを考えているうちに、頭のうえのほうで新たな動きがあった。

テュイルリ宮殿の庭園には、大きな築山《つきやま》が盛られている。昨夏にパリが決起したとき、デムーランが陣地を構えて、ドイツ竜騎兵を撃退した場所でもある。が、高みに身構える英雄も今日のところは、ジャコバン・クラブの面々、コルドリエ・クラブの面々ということだった。

ここから働きかければ、さすがに注意を惹くことができる。ざわつきは残りながら、群集は築山の高みに目を注ぐようになった。ダントンなら、もう十二分に話ができる。

ああ、撃てだの、殺せだの、あげくがアッシニャは紙切れにすぎないだの、物価高騰をなんとかしろだの、てんでに騒いでも仕方ねえだろう。そんな出鱈目《でたらめ》やってちゃ、矛先がぶれるだけだ。今日のところは、俺たちの要求はひとつなんだ。ああ、それぞれ、そいつを皆で叫ぼうや。

「大臣どもは辞職しろ」

ここぞと声を轟《とどろ》かせてから、ダントンは大きな拳《こぶし》を天空に突き上げた。群集のほうでも、追いかけるような連呼で応《こた》えた。大臣どもは辞職しろ。大臣どもは辞職しろ。

「貴族の味方をしろだなんて、ふざけた命令を出した奴《やつ》らを追放しろ」

「おおさ、本をただせば、みんな能なし大臣どもが悪いんだ」

「かわりに組閣するときゃあ、ねえ、王さま、今度は庶民のためになる内閣を頼みますよ」

「だから、議会が組閣すりゃあいいんだよ。議員が大臣を兼ねればいいんだよ」

いずれにせよ、閣僚の任免権は王にある。その王に議会は影響力を行使できる。だからこそ群集は、ルイ十六世が家族と暮らし、また憲法制定国民議会が調馬場《マネージュ》の付属大広間を議場とするテュイルリに大挙集まり、その両者に圧力をかけようとしたのである。

19――現実

「大臣どもは辞職しろ」
「無理にも辞めさせちまえ」
「てえか、貴族の味方をする輩《やから》は生かしちゃおけねえ。奴《やつ》らの首をよこせ。身体《からだ》のほうは街灯から吊《つ》り下げろ」

物騒な台詞《せりふ》を口走る輩もいた。が、群集から発せられる分には、ラ・ファイエットとも、ブイエとも、名前は聞こえてこなかった。

なるほど、抗議集会が定めた狙《ねら》いは閣僚の辞職だった。国防大臣ラ・トゥール・デュ・パンの名前は出ても、一介の将軍の名前など出てくるわけがない。

――いや、出せない。

事情はデムーランにも斟酌《しんしゃく》できた。閣僚の任免権は王にある。しかしながら、現実のルイ十六世には力がない。実質それは奪われて、今や任免権はラ・ファイエットの手にあるも同然だった。そのラ・ファイエットを誰が引きずりおろせるというのか。敵というなら、あまりに強大な敵だった。政府、議会、裁判所、軍隊と、あらゆる分野に子飼いを放ち、全てを牛耳る勢いのラ・ファイエットなのである。ひとたび手を出したが最後で、報復を恐れずには済まされないはずなのだ。

なおのこと厄介なのは、一般には革命の敵ともみなされていないことだった。ラ・ファイエットに神経を尖《とが》らせているのは、左派の議員であるとか、新聞記者であるとか、はたまた街区の活動家であるとか、未《いま》だ一部の人間にすぎない。その一部のなかでも、まだ名指しできる段階ではない、名指しするほどの過失も犯していない、パリ市民に銃を向けたわけでなしと、未だ楽観論が強かったのだ。

土台が今こそ危機的事態と判断したなら、国民衛兵隊は怖くないなどと、こんな呑気《のんき》な集会を企画できるわけもなかった。さて、とりあえずはラ・ファイエットに釘《くぎ》を刺しておくかと、それくらいの軽い気分が、意識が高い一部のなかでも大勢を占めている。

——ましてや大衆のことだ。

その心のなかでは、ラ・ファイエットは英雄のままでさえあるはずだった。ああ、一七九〇年七月十四日、あの全国連盟祭で目撃された、白馬の救世主のままだ。なるほど、その栄光に惜しみない拍手を捧《ささ》げたあの日から、まだ二月《ふたつき》もたっていないのだ。告発しても、人々は信じない。するほどに、英雄を妬《ねた》んだあげくの悪意にすぎないと、抗議集会の組織すら困難になるばかりである。のみならず、こちらのジャコバン・クラブが逆に責められかねない。大衆を敵にしては、ラ・ファイエットに釘を刺すことはおろか、議会に奮起を促すことさえできなくなる。

「議会を動かし、王に働きかけることで、大臣の更迭《こうてつ》を実現する」

更迭することで、間接的に打撃を加えて、二度目はないぞとラ・ファイエットに自重を促す。それがジャコバン・クラブが立てた、現実的な方策というわけだった。

「ええ、これが我々が今できること、なすべきことの全てではないでしょうか」

築山の演壇では、論者がブリソに交替していた。気鋭のジャーナリストとして、売り出し中の会員のあとに控えるのは、デュポール、ラメット、バルナーヴというような三頭派の面々である。

またロベスピエールも出席を遠慮したりはしなかった。演説希望者はジャコバン・クラブの面々だけでもない。コルドリエ・クラブから来ているのも、ダントンだけではない。フレロン、ルスタロ、エベールというような、いっそう過激な言論を振るう輩までもが、大衆に意見を問わんと身構えている。

やはりというか、パリは熱い街だった。ああ、それでこそ、革命の都だ。一七八九年七月十四日を成し遂げた都なのだ。だから、ああ、いた、いた。

「カミーユ、君は演説しないのかね」

「えっ」

振りかえると、薄笑いで問うていたのは、ひどい猫背の男だった。人垣を縫って近づきながら、こちらに続けたことには、ダントンが演説したいなら急ぎ築山に来いとさと。

「マラ、あなたは演説しないのかい」

とっさに返したものの、デムーランは我ながらに違和感を覚えた。そういえば、マラの演説は聞いたことがない。コルドリエ・クラブで話す姿は何度となくみているが、思えば公の席で群集に語りかける場面となると、これまで一度も出くわしたことがない。

「演説は性に合わなくてね。私は専ら書くほうだ」

それがマラの答えだった。デムーランは頷《うなず》くしかなかった。ああ、それがマラだ。ひとつも悪いことなんかない。演説なんか、あえて試みる必要もない。

事実、マラは大胆かつ辛辣《しんらつ》に書いていた。

「大将軍、両世界の英雄、自由の不滅の再建者、そう呼ばれる人物が反革命の指導者、祖国を害する陰謀という陰謀の中心なのだと、そう疑えば叱《しか》られてしまうだろうか」

読者に投げかけた最新号の『人民の友』は、ラ・ファイエットを名指ししたも同然だった。誤解を恐れず、反感も覚悟のうえで、書きたいと思う内容を、書きたいと思う文体で、縦横無尽に書き連ねる。それがマラだ。ああ、それで十分だ。この革命のフランスにおいて、すでに出色の個性だ。

群を抜くというならば、ダントンの行動力も尋常でなかった。ロベスピエールはといえば、かわりに鉄の信念がある。強固な団結力を誇る三頭派の面々にせよ、エスプリ豊かなブリソにせよ、下品なくらいの本音が売りのエベールにせよ、こうして考えてみると、頭角を現す人間というものには、それぞれに強烈な個性があるようだった。

「だが、君は違うだろう」

そうマラに続けられて、デムーランは胸を突かれた。

「カミーユ、君は確かに新聞屋だけれど、君の場合は演説も十八番《おはこ》じゃないか」

「いや、僕も書くほうが専門で……」

「嘘《うそ》つきたまえ。パレ・ロワイヤルの演説でパリの革命の火蓋《ひぶた》を切って落とした伝説の男が、御謙遜《ごけんそん》にもほどがあるというものじゃないのかね」

「いや、だから、あれは、その、なんというか……」

デムーランは言葉に窮した。実際のところ、演説が得意という自覚はなかった。吃音《きつおん》の癖が出るので、むしろ苦手だ。が、ならば書くほうが得意で、専ら書くほうで頭角を現して、今日の日の地歩を築いたかと問われれば、そうだと胸を張る気にもなれなかった。ああ、僕はマラほど書けるわけじゃない。なるほど、パレ・ロワイヤルで演説していなければ、僕の書きものなんか誰の目にも留まらない。ましてや自分の新聞なんか発刊できたわけがない。

──このつまらない凡人が……。

最近デムーランは怖いと感じるようになっていた。検閲が怖い。告発が怖い。官憲が怖い。なかんずく何が怖いといって、本当なら自分のような凡庸な人間には、とても許されない世界に、もしや足を踏み入れてしまっているのではあるまいかと、そう不安に駆られたが最後なのであり、あとは震えが止まらないほどになるのだ。ああ、僕は本来そういう人間じゃない。ロベスピエールとか、ダントンとか、マラとか、そんな選ばれた人間と肩を並べられる玉じゃない。

実際のところ、ラ・ファイエットに覚える怒りなども、借り物にすぎない気がするときがあった。ああ、目立ちたいなら、目立たせてやればいいではないか。フランスを牛耳りたいなら、牛耳らせればいいではないか。そりゃあ、好き勝手やられた日には腹も立つが、汚れひとつない世のなかもないのだから、多少のことなら仕方あるまい。人心を紊乱《びんらん》する文章を書いたり、蜂起《ほうき》、騒擾《そうじょう》、反乱の類《たぐい》を起こしたり、あからさまな反体制行動に出ないかぎり、まずまず平穏無事に暮らせるというならば、それで構わないじゃないか。

──ああ、構わない。自分の小さな幸せが壊されるのでないかぎり……。

マラが続けた。だから、カミーユ、演説してきたまえよ。

「えっ」

「大衆は今このときもパレ・ロワイヤルの英雄を待望しているんだぞ」

「いや、それは……」

なおもマラに勧められて、デムーランとしては後ずさりしたい気分だった。いや、本当に数歩ばかり下がったが、その退路を壁さながらに立ちはだかる大男が阻んでいた。

ダントンが築山から戻ってきていた。途中から話を聞いたのか、加わるや茶化したことには、マラ、どうやっても駄目だろうさと。

「カミーユは腰が引けちまってんのさ」

「そういう言い方はない……」

「だったら、別なところに腰を入れて、おまけに使いすぎたからとでも言うかい」

「いっそう嫌な言い方だな」

そう答えたものの、デムーランにしても認めないではなかった。

リュシルとの結婚が決まっていた。父上のクロード・エティエンヌ・ラリドン・デュプレシ氏が、とうとう許してくれたのだ。

デムーラン家のほうからも、今月中には父が田舎《いなか》から上京する。結婚に必要な諸々《もろもろ》の話し合いを、あちらの家と詰める予定になっている。全て滞りなく進めば、暦が一七九一年になる前にはリュシルと二人、もう正式な夫婦になっているかもしれなかった。

——だから、臆病《おくびょう》になったというわけじゃないが……。

デムーランも考えざるをえなくなった。自分は全体なにを望んでいるのだろうと。なにが幸せなのだろうと。一度きりの人生において、なにを求めるべきなのだろうと。

――それはリュシルだ。

答え自体は、すぐに導き出されてきた。ああ、リュシルと結婚したかった。この純愛を是が非でも成就させたかった。今さら確かめるまでもなく、それが全ての動機だった。文筆で立とうとしたのも……。議員に立候補したのも……。パレ・ロワイヤルで皆を煽《せん》動《どう》するような演説を打《ぶ》つことになったのも……。

革命なっただけでは済まず、自分の新聞まで発刊したというのは、全てはリュシルと結婚したいから、そのためにデュプレシ氏に認めてもらいたいからだった。が、かかる自明の理を、ときとしてデムーランは忘れたのだ。社会正義のために戦っているという高揚感であるとか、ロベスピエールに負けてたまるか、ダントンに後れを取るものか、これ以上マラに水をあけられてたまるかという焦燥感であるとか、そんなものに突き動かされてしまったのだ。

――要するに、自分は特別なんだと思いたかった。

だからこそ、デムーランは今にして問わずにいられなくなった。そのためにリュシルを犠牲にしてよいのかと。それ以前に、それが本当の望みなのかと。特別な人間でありたいといって、おまえは土台が特別な生まれつきなのかと。

——愛する妻がいて、ゆくゆくは子供なんかにも恵まれたら……。

それで十分じゃないかと思えればこそ、デムーランは仕事に身が入らなくなったのだ。ああ、ラ・ファイエットなんて、どうでもいいじゃないか。ナンシー事件の犠牲者は気の毒に思うけれど、そうした悲劇に責任を感じるべき立場にはいないし。というより、僕なんかが騒いだところで、世のなかの全体なにが変わるというんだ。だって、マクシミリヤン・ロベスピエールじゃないんだぞ。ジョルジュ・ジャック・ダントンでも、ジャン・ポール・マラでもなく、ただのカミーユ・デムーランにすぎないんだぞ。

——ましてや……。

デムーランは踵《きびす》を返した。背後のテュイルリでは群集が大きく沸いたところだった。築山の彼方《かなた》には、人心を籠絡《ろうらく》できる新たな英雄が誕生したということだろう。

そのことを否定するつもりはなかった。ああ、抗議集会は続いている。続いていれば、誰かが活躍の機会を得る。そのことに興味がないわけでもない。それどころか、これからも新聞で取り上げていくつもりだ。ただ、その種の英雄が自分であれなどと、もう子供じみた夢想に遊ぶ気にはなれなかった。後ろを振りかえることはあれ、やはりデムーランは引き返そうとはしなかった。

20——追及

大衆の圧力を議会は無視することができない。

九月三日、議長ドゥ・ジェッセは自ら三通の手紙を読み上げることから、その日の審議を開始した。すなわち、ブイエ将軍の手紙、ラ・ムールト県庁からの手紙、その二通を憲法制定国民議会に回状すると告げた、国防大臣ラ・トゥール・デュ・パンの手紙の三通である。

国境地帯からの手紙は二通いずれも、ナンシーに秩序が再建されましたと、鎮圧の上首尾を報告するものだった。

——しかし、その再建のされ方が問題だ。

と、デムーランは思う。憲法制定国民議会はブイエ将軍に対して、あるいはナンシー事件について、いかなる態度で臨み、いかなる宣言を出すべきか。それが九月三日の審議に課せられた命題なのだ。

いつものように傍聴席に陣取るも、出るのは溜《た》め息ばかりだった。筆記の用意を整えながら、心に吐露しないでおけないことには、再審議に漕《こ》ぎ着けたとはいえ、激論は必至だなと。ことによると、またぞろパリが、いや、フランス全土が激震するかもしれないなと。

周知のように、人民大衆の求めは閣僚の辞職ないしは更迭《こうてつ》だった。左派はこの議場にも、そのままの要求を投げかけるに違いなかった。ロベスピエールら一部の過激派には、ブイエ将軍の解職を要求しようという動きまであるらしい。

――とはいえ、多数決で左派が潰《つぶ》されるのは目にみえている。

右派の反対は言を俟《ま》たないとして、平原派《プレーヌ》と呼ばれる中道ブルジョワ議員たちにしても、あえて同調する理由がなかった。下手《へた》に動いて、責めが国民衛兵隊の活動に及ぶようであれば、議会の議論は自分たちの権力基盤のひとつである、ブルジョワ民兵の是非にまで進みかねない。

――でなくとも、ラ・ファイエットを敵に回したくはないはずだ。

ここぞと全国連盟祭に示されたように、国家の第一人者としての地位は、もはやフランス王ルイ十六世さえ凌《しの》ぐ。それが世の反論を黙殺しながら、実力行使さえ辞さなくなってきているのだ。

あまり調子に乗りなさんななどと、あえて苦言を呈する者などいるわけがない。今のフランスでラ・ファイエットと五分で戦える人間がいるとすれば……。

デムーランは無理にも唾《つば》を呑《の》みこんだ。議長が議事を進めるにつれ、からからに喉《のど》が渇いてきた。いや、ひとり小心に駆られていたわけでなく、発言を許されて、その力強い足音が響いてきたときには、傍聴席となく、議席となく、皆が固唾《かたず》を呑んだものだった。ああ、ここに来て立てるのは、やはり、あの男しかいない。

――ミラボー伯爵が登壇した。

これは大変なことになると、デムーランは呻《うめ》かないではいられなかった。なんとなれば、きゃんきゃん甲高い声を張り上げながら、左派が騒ぐという程度ではない。酔漢がくだを巻くような調子で、右派が繰り言をなすのとも違う。もとより中道ブルジョワが、無難に逃げるというような話ではない。なにせ、ミラボーなのだ。今のラ・ファイエットに敵対しうる、ただひとりの男なのだ。

――ナンシー事件をきっかけに、いよいよ両雄の激突か。

いずれが勝つか。いずれに分があるか。登壇の歩みを続ける巨漢の背中を見守りながら、デムーランは考えてみた。

ラ・ファイエット、ミラボーともに、フランス第一等の地位を占めんとする野望は同じだ。かたやアメリカ帰りの英雄、かたや議会随一の雄弁家と、それぞれに備える政治家としてのカリスマ性も十分である。かたや自らが要職を占め、あるいは他に子飼いを送りこみ、そうすることで振るえる権力を手堅くすれば、かたや千里眼の洞察力で大胆に工作し、なおかつ大衆をも自在に操作してみせと、持てる政治力という意味でも互角だ。

――差があるとすれば、王に対する態度か。

立憲王政を志向する政見は大枠では同じながら、ラ・ファイエットのほうには王を軽んじる嫌いがあった。反対にミラボーは重んじる。アンシャン・レジームの護持を求める、いわゆる右派とは一線を画して、人民の権利の擁護であるとか、貴族身分の否定であるとか、はたまた教会改革の推進であるとかに関しては、むしろ自ら革命の先頭をひた走る。それでも王権の存立だけは譲らないのだ。

どちらの態度が、あるべき社会の実現にとって近道なのか、デムーランには容易に決められなかった。が、かかる両雄が激突すれば、その勝敗の如何《いかん》は向後《こうご》の革命の進路さえ左右するだろうと、そのことは疑いなかった。

――まさに決定的な場面だ。

現下の力学でいえば、王に対する両雄の態度の違いは、有利にも、不利にもなっていなかった。あるいは従前までのところでは、ラ・ファイエットの有利に働いてきたのかもしれない。王を軽んじる分だけ、俺《おれ》が、俺がと自らが前面に出ることができたからだ。そのわかりやすさが、第一人者の地位を支える大衆の人気に直結したのだ。

――それだけに粗も目につく。

今回のナンシー事件が、そうだった。その一挙手一投足に世の注目を強いた報いで、小さな瑕《きず》ひとつついても、それが致命傷になりかねない。知りません、関係ありません、私ではありませんは罷《まか》り通らず、責任追及の手から免れることができない。

――その追及がミラボーならできるのだ。

いざとなれば、王を前面に出せるからだ。憲法にも保障されて、王の権威が永続するものならば、昨日今日の英雄を敵に回して、その権勢が必ずしも恐ろしくはなくなるからだ。

また、そう思わせることができれば、右派は無論のこと、中道ブルジョワまでもがミラボーを支持するはずだった。ラ・ファイエットを倒せるならば、その一点で左派もミラボーに同調を決めるだろう。全てを取りこむなどとは、いうまでもなく至難の業だが、それも議会随一の雄弁家の手にかかれば、必ずしも不可能というわけではないのだ。

――大変なことが起きる。

ざわつきが常の議場が静まりかえり、いよいよ演壇に上がった巨漢に皆して目を注いでいた。ラ・ファイエットの一党などは、顔面蒼白《がんめんそうはく》になるほどだった。ところが、だ。

「まず最初に私は感謝の意を表明したいと思います」

と、ミラボーは始めた。ええ、ナンシーの反乱を見事に鎮めたブイエ将軍と兵団の働きに。協力を惜しまなかったラ・ムールト県庁、ならびにナンシーとリュネヴィルの市当局に。ブルジョワとしての本業を後回しに、作戦行動に参加なされたナンシー国民衛兵隊の骨折りにも、別して謝意を示さなければなりませんな。

「もちろん、一連の処断に非などなかった。反乱は反乱だからです。犯罪者は犯罪者だからです。こたびの事件に身分など関係なかった。人権を持ち出すのも、おかしな理屈といわざるをえません。というのも、社会契約によって成立した国家においては、公的善を脅かした輩《やから》は罰せられねばならないのです。泥棒は泥棒として、人殺しは人殺しとして、処罰されなければならないのです」

その言葉の意味を理解するのに、デムーランはいくらかの時間を要した。何度も咀《そ》嚼《しゃく》しなければ、容易に呑みこめないというのは、まるで予想外の展開だったからだ。ああ、ありえない。というのも、ミラボーがブイエを支持したのだ。ひいてはラ・ファイエットに味方したのだ。

「ええ、ええ、当然の話ですよ。例えば私などにしても、貴族の生まれなわけです。もちろん身分など廃止されて、今は皆さんと同じフランスの一市民ですが、ということは私にも人権がある。あなた方に人権があるのと同じに人権がある。いいかえれば、また私も守られるべきなのです。元は貴族だからといって、正式な裁判で明らかな過失が認定されたわけでもないのに、犯罪者と決めつけられては堪《たま》りませんよ。あげくに口汚く罵《ののし》られ、いきなり殴りつけられた日には、相手の狼藉者《ろうぜきもの》を訴えないではいられません。その処罰を望まないでいられません。そう願う私は偏屈で、どうでしょう、皆さん、はたしておかしな人間でしょうかねえ」

そう議場に問いかけて、答えに窮した無反応を取りつけてから、ミラボーは決めの台詞《せりふ》に手をつけた。ええ、ナンシーで起きた出来事も同じです。

「貴族の生まれであろうがなかろうが、将校たちも市民であり、あるからには人権を有していた。かたわらで同じく市民であるからには、兵士たちは他人の権利を侵害してはならなかった。少なくとも法は守らなければならない。守らなければ、処罰される。当然の成り行きとして、ナンシーでも処罰が行われたと、それだけの話なのです」

話を別に転じさせることもなく、そのままミラボーは結びに運んだ。ええ、ええ、ただ困難な仕事ではありました。相手が現役の兵士であり、市中で武器を構える事態であるからには、ひとつ間違えば、ナンシーの街が廃墟《はいきょ》と化しかねなかった。無関係の市民が巻き添えになる危険もあった。

「それを最小限の被害で収め、すみやかに解決してくださったからこそ、私はブイエ将軍に感謝の意を表明したいと思うのです」

やはり聞き違いではないようだった。ブイエを支持した。ラ・ファイエットに味方した。ということは、ミラボーも仲間なのか。あちらの陣営に加わりながら、向後は一緒にフランスを専横していくということなのか。

――いや、それは許されない話だ。

政治家の選択として、ありえないというのではない。が、そうした道を選んだとき、ミラボーは大衆の支持を失うはずだった。それもラ・ファイエットが失う以上に失う。これだけ目立つ場所に出てきて、人々の期待に応《こた》えなかったからだ。期待を集めるだけ集めておいて、裏切ってしまったからだ。大衆の求めは綺麗に黙殺されたのだ。

議場は静かなままだった。なるほど、ラ・ファイエットの一党は胸を撫《な》で下ろしているのだろう。恐らくは右派も溜飲《りゅういん》を下げただろう。中道ブルジョワまでが重畳と頷《うなず》いたはずだったが、大衆の代弁者として、左派が沈黙するわけがない。驚きに捕われることで、許してしまった静けさを屈辱と思い返せば、いや増した怒りで火のような論戦を仕掛けるに違いない。

実際、デムーランは空気が尖《とが》りゆく気配を感じた。それが束の矢尻と化して、演壇の巨漢に射かけられるだろうことも疑いなかった。ところが、その風切り音が鳴る前に、ミラボーは盾となるべき言葉を継いでみせたのだ。ええ、前置きはこれくらいにして、そろそろ本題に入りましょう。いずれにせよ、ナンシー事件が不始末であることは、これまた議論の余地がないわけですからな。

「ええ、ええ、大臣には辞めてもらわなければならない」

議会として閣僚に辞職勧告を行うか、あるいは王に要求して、更迭という有無をいわせぬ処断をおとり願うか。いずれにせよ、不始末であるかぎりは、責任を追及しないわけにはいきません。そうミラボーに続けられれば、おや、待てよと、短気が売りの左派議員たちも飛びこむことができなくなった。

――なんとなれば、黙殺されたわけではなかったからだ。

ミラボーは大衆の声に応えていた。大臣を辞職させる。ラ・ファイエット侯爵を名指しで責めることは無論のこと、ブイエ将軍の責任を追及することさえ危険な賭《か》けだとして、それこそはジャコバン・クラブ自身が調整した線でもあった。ああ、子供じみた真《ま》似《ね》はしないが、だからといって誰も首にならないのでは収まらない。

ミラボーは続けた。ただ誰の責任を追及するべきなのか、そのへんは詰めた議論で見極められるべきでしょうな。

「私が着眼したいのは、そもそもが給与問題だったという事実です。兵卒は将校がピンはねしたという。将校は物価高騰のおり、パン代で消えたという。真相はわかりません。それとして調査を進めなければなりません。ただ現時点でも異論の余地がないことには、給与が不十分だったのだと。それが事態の元凶だったと」

また話が予期しない方向に進んでいた。が、それ自体は、わかりやすい論理だった。ええ、そうなのです。兵士が納得できるだけの俸給が、きちんきちんと支払われていれば、土台がナンシー事件など起きようがなかったわけです。

「それが起きてしまった。残念ながら、これからもナンシー事件は繰り返されるかもしれません。フランスの国家給養は世辞にも安定していないからです。ええ、国家財政の改善は一向に遂げられる様子がないのです」

あっ、とデムーランは思わず声を上げてしまった。まさか、そうなのか。あの名前を出そうというのか。

無能な投機屋め、金儲《かねもう》けだけの山師め、政務を執る器もない臆病者《おくびょうもの》めと罵りながら、それはミラボーが苦々しい内心を隠そうともしない相手の名前だった。

「ええ、そうなのです。復職してからだけでも一年余がすぎるというのに、財務長官ネッケル閣下は未《いま》だ万民の期待に応える素ぶりもないのです」

ナンシー事件という痛ましい悲劇まで起きた今にして、かかる無為無策を容認しておくべきでしょうか。罷業《ひぎょう》を続ける大臣を留任させておくべきでしょうか。そう告発の声が届くや、傍聴席は即座に応えた。

「ネッケルを首にしろ」

「なにもできないスイス人など、さっさと国に帰しちまえ」

「おおさ、フランスが滅茶苦茶《めちゃくちゃ》なのは、あの嘘《うそ》つきのせいなんだ」

かつて救世主と仰がれた人物は、閣議において居場所なく、議会においては政策を拒絶され、あまつさえ大衆の間に確保していた人気まで落としていた。もはや誰もネッケルなど話題にしない。落ちた偶像と無視したきり、ミラボーに注意を喚起されでもしなければ、思い出すことさえしない。

「けど、いわれてみれば、実際のとこ、ネッケルの野郎は許せねえや」

そうした言葉が耳に飛びこんでくるにつけても、デムーランは思わずにいられなかった。大衆は変わりやすく、飽きやすい。どれだけ熱狂的に支持しても、ほんの束《つか》の間の話でしかない。全能のラ・ファイエットとて、誰かが手を下すまでもなく、もう失脚は時間の問題なのかもしれない。

──ああ、そういうことか。

ミラボーは議長に顔を向けていた。働きかけて、発議に話を進めたいようだった。

21――結論

ほぼ全会一致でミラボーの宣言案を採択して、九月三日の議会は幕を閉じた。
「憲法制定国民議会は次のように宣言する。
一、ラ・ムールト県庁、ならびにナンシー、リュネヴィルの両市当局について、その平和に寄せられたる熱意を表彰し、感謝の意を表するものである。
一、ブイエ閣下の指揮で進軍した国民衛兵隊についても、その愛国心とナンシーの秩序再建において発揮された市民的勇気を表彰し、また謝意を表するものである。
一、将軍と前線諸隊についても、任務を見事に果たした功が称揚されるべきである。
一、先に派遣が宣言された使節は、予定通りナンシーに赴き、安寧を保持するため、さらに階級に関係なく厳正に処分されるべき犯罪者の、懲罰の多寡《たか》を決定するべき事実を徹底調査するために、必要な措置を取るものである」
左派はなす術《すべ》もなかった。ロベスピエールら一部の急先鋒《きゅうせんぽう》は、なおも介入を試みたが、隅までミラボーの色に染められた議場では、全てが虚《むな》しい試みだった。

——なんとなれば、ミラボーは人々の望みをかなえてくれた。

九月四日、財務長官ジャック・ネッケルが辞職していた。三日の夜中にラ・ファイエットが説得したとも、先んじて辞意を表明したともいわれるが、いずれにせよ、もう留任の選択肢はなくなっていた。ミラボーの演説にあてられると、もう群集の怒りはネッケルにしか向けられなくなったからだ。昨日まで忘れられていた大臣は、今日には馬車で外出するにも、人々に制止されずにはおれなくなったのだ。

実際のところ、ネッケルはスイスの自宅コッペ城までの通行許可証を、議会に発行してもらわなければならなかった。さもなくば、首にしろ、殴ってやれ、殺してやれ、吊《つ》るしてやれと、どんどん話を過激にしていく群集につかまって、なにをされるか知れたものではなかった。

顚末《てんまつ》を伝え聞くほどに、大衆は満足した。ダントンたちは複雑な顔をしながら、まだ終わったわけではない、閣僚の総辞職を求め続けると、活動の継続を宣言したが、それとてもミラボーの仕事を否定するではなかった。

土台が大衆はナンシー事件に覚える憤りも、アッシニャ暴落に覚える不満も、ごっちゃに大騒ぎしていたのだ。大臣を辞職させた、それも最も辞職させるべき大臣を辞職させたと、巷《ちまた》のミラボー株は上がるばかりだった。

「ということは、なにも伯爵はラ・ファイエットに味方したわけじゃないんでしょう」

と、デムーランは確かめた。九月三日のミラボーの介入で、確かにラ・ファイエットは助かっていた。が、それだからと勢いを取り戻し、ここぞと勝ち誇る風ではなかった。むしろ意気消沈している。自らを見失い、次なる一手に窮するような風もある。味方したというより、ミラボーはラ・ファイエットを呑《の》みこんだ。それが事後の印象であればこそ、デムーランは確かめないではいられなかった。

ショッセ・ダンタン通り四二番地の屋敷に、ミラボーを訪ねていた。パリ右岸、テュイルリ宮の北にあって、オペラ座の東側を走るという、政治生活にも社交生活にも便利な通りだ。

日曜の午後ならば在宅しているはずと見込んだ通り、議会随一の雄弁家は長椅子《ながいす》に寛《くつろ》いでいて、いつもと変わらぬ上機嫌で迎えてくれた。

変わらないといえば、壁際で整列している御仕着《おしき》せの使用人たちも、天井から吊るされながら、無数の蠟燭《ろうそく》を腕に連ねるシャンデリアも、脚部の全てが金塗りという派手な家具調度の数々にしても、いつも通りのものだった。

銀ごときと無造作に置かれている燭台《しょくだい》、飾り盆、嗅《か》ぎ煙草《タバコ》入《い》れの類《たぐい》から、ひとつ壺を取り上げても、恐らくはセーヴルの窯《かま》から出されたであろう群青《ぐんじょう》の逸品に、東洋渡りの蒔絵《まきえ》のそれを並べて競わせるところまで、貴族趣味といえば当世これほどの貴族趣味は、滅多に御目にかかれるものではない。

「しかしだ、デムーラン君、ふたつ間違えているぞ」

と、ミラボーは問いに答えた。第一に私を伯爵と呼んではいけないね。もう貴族制度は廃止されているのだから、市民ミラボー、あるいは市民リケティというのが正しい。

デムーランは恥じ入るような笑いで受けるしかなかった。貴族趣味もミラボーの場合は、決して嫌味にならなかったからだ。貴族も平民もなく、これだけの男であれば、これくらいの豪奢《ごうしゃ》は当たり前と、そう自然に納得させる力があったのだ。

ミラボーは続けた。

「第二に私は確かにラ・ファイエットに味方したのさ」

「どうしてです」

「以前に借りがあったからだ。返さないうちは気分が悪いだろう」

「これから、やっつけるとなれば、ことさらですか」

「やっつけると来たか」

「手を出すまでもない。ラ・ファイエットは勝手に失策を重ねてくれる。それを待つのみと、そういうことですか」

「失策というのは、デムーラン君、あれかね」

貫禄ある薄笑いで、ミラボーは受けた。つまりはネッケルの辞任を引鉄《ひきがね》に、近く大規模な内閣改造が行われると噂《うわさ》がある。となれば、ラ・ファイエットは必ず介入する。ことによると、焦りに駆られて、やりすぎるかもしれない。となれば、王は不満だ。でなくとも、議会は黙認しない。露骨な手がみえすぎれば、大衆の心も離れ始める。

「かくて、ラ・ファイエットの威光も陰ると」

「…………」

そんなことは考えてもいなかった。巷の噂としても聞いたことがない。新聞を出しているからには、早耳のつもりでいるが、真実ただの一度も聞いたことがないのだ。あるいはミラボーこそが噂の出所なのかもしれないなと思いながら、刹那《せつな》デムーランは戦《おのの》きに襲われた。それがミラボーの読みだというより、そうなるように自ら動いて、もう次なる布石を打ち始めたということなのか。

――やはり、ミラボーは違う。

最初から違っていたが、それも最近のミラボーとなると、いよいよ神がかり的としか思われない冴《さ》えがある。ようやく口を開いたとき、デムーランは我ながらに思い詰めた様子だった。

「じき市民ミラボーの天下が来ますね」

「それも違うな、デムーラン君。来るのは王と人民の天下だ」

「貴市民は、その舵《かじ》を取るだけと」

「はははは」

　その余裕の笑い声に、デムーランは確信を深めるばかりだった。やはり、ミラボーの天下になる。行きつくところ、この男が新生フランスを指導する。ああ、わかっていた。それだけの器がある人物だ。そもそもが革命だって、ミラボーが仕かけたようなものだ。この僕にしたって、まんまと乗せられたようなものなのだ。

「御二人《おふたり》とも、わたくしのことなんか、お忘れね」

　そう割りこんだ女の声に、こちらの男は二人ながら、同時に振り向かされることになった。ミラボーが受けた。ああ、これは小生としたことが、人生最大の失態でした。なにせ、こんな美人をほったらかしにしたわけですからな。

　その日はリュシルも同伴していた。ということはデムーランも、当今の政治を論じるために、ミラボーのところを訪ねたわけではなかった。ええ、ええ、そうなんです。今日は報告することがあって、御宅に寄らせていただいたんです。

「僕たち、結婚することになりました」

「ほお、とうとう決まったか。いや、おめでとう」

「ええ、市民ミラボー、あなたのおかげです」

　デムーランは目に力をこめた。そうすることで、ミラボーに謝意を伝えたつもりだった。向こうでも頷《うなず》いた。が、さりげなく頷いただけで、言葉を続けるでもなかった。

リュシルは知らない。デムーランにしても、ごく最近まで知らずにいた。それは縁談を詰めるために上京した父が、デュプレシ家から聞いてきた話だった。なんでも、あるときミラボー伯爵がデュプレシ家を訪ねて、この結婚に口添えしてくれたらしいのだ。デュプレシ氏が折れたのも、そのことが大きかったようだった。二人の熱意が通じたという面もないではないはずなのだが、やはり決め手はミラボーだったろう。

こちらのデムーランはといえば、革命で英雄になったといい、自分の新聞まで始めたといっても、まだまだパッとしなかった。いや、革命が落ち着くほどに、評価が目減りしてきた感も否めなかった。議会で告発されたとも報道があった。最近は荒れていると も噂が流れた。やはり娘をやるわけにはいかないかと、デュプレシ氏が態度を硬化させかけた矢先に、わざわざ足を運んでくれたのが、ミラボーだったというのである。

――まさに人間の格が違う。

世に聞こえた名前を措《お》いても、一目で違うと思わせる風采《ふうさい》がある。これほどの人物に見込まれている青年ならばと、なるほど、いっぺんで父親の気持ちも変わる。だから、最近のミラボーは神がかり的なのだ。どんな相手も丸ごと呑《の》みこんでしまうのだ。

「ですから、本当にありがとうございました」

デムーランは感謝の言葉を重ねた。あるいは癪《しゃく》に思うべき話だったかもしれない。自分が認められたわけじゃないと、意地になるべきだったかもしれない。実際、これが口ベスピエールあたりだったら、修復したばかりの友情も四散させて、余計なことをしてくれるなと、またぞろ怒鳴りつけたかもしれなかった。が、そうではなくて、ミラボーなのだ。この男が違うというのは、自分にとっても全く同じことなのだ。

ミラボーは無言で、ただ手だけ差し出した。握手を交わしながら、思わずにいられないことには、大きいと。なんて大きな手だろうかと。なんて大きな人間だろうかと。

うずうずしているような様子で、またもリュシルは割りこんだ。

「できましたら、ミラボー伯爵、わたくしたちの結婚式に出席してくださいませんか」

「伯爵と呼ぶのをやめてくださるなら、ええ、それは、もう、喜んで」

再び笑い声が響いた。デムーランは心が明るくなるのを感じた。ああ、ミラボーは大人物だ。ほどなくフランスを切り盛りする男なのだ。革命は落ち着く。のみか見事に開花する。もう、なにも心配いらない。というか、ミラボーがいるかぎり、ラ・ファイエットも、三頭派も、ブリソやロベスピエールや、ダントンやマラまで含めて、もう余人の出番などはありえない。

――だから、いい。

僕は平凡に結婚する。リュシルと幸せな家庭を築いて、それを堅実に守り続けて、ああ、それでよくないわけがない。ないじゃないかとデムーランは、それでも自分が出した結論を何度かは胸に確かめないではおけなかった。

22――不道徳

「けれど、私は嫌いだよ」

と、タレイランは直言した。とっさの薄笑いで言葉の角を和らげてしまったが、あるいは険も露《あらわ》に叩《たた》きつけるべきだったかと、あとに後悔が続いていた。ミラボーは書きものの手を休めなかったからだ。卓上を凝視したまま、こちらに目さえくれようとしなかったからだ。

一応は確かめてきたが、その口ぶりも興味なさげなものだった。はん、タレイラン、だから、おまえは暇つぶしに、ぜんたい誰の話をしているのだ。

「だから、カミーユ・デムーランの話だよ」

そう名前を出してから、タレイランは思わず舌打ちした。我ながら大貴族らしくない、下郎の仕種《しぐさ》ではないかと悔いながら、それでも歯がゆさのあまりに、舌打ちを止めることができなかった。

──ミラボーは、できる男だ。

そのことは高く評価していた。だからこそ相棒とも目して、一緒にやってきている。が、できることの弊害か、いかんせん見栄坊の嫌いがある。実力以上に大物ぶりたがるところは頂けないぞと、かねてタレイランには責めたい気分がないではなかった。

──あるいは面倒見がよすぎるというべきか。

自らが作家出身ということもあり、ブリソとか、ペティオンとか、下らない三流文士の世話を焼くのは、今に始まる話ではなかった。が、最近のミラボーときたら、取るにたらない新聞屋にまで目をかけて、なにかと可愛がっているようなのだ。

──そろそろ焼きが回ってきたか。

そうタレイランが思うのは、相棒の横顔に大きな瘤《こぶ》が覗《のぞ》いていたからだった。右耳の下から首にかけての瘤で、この夏くらいから大きく膨らんできたという。とりたてて痛みはない。みためには見苦しいが、土台が醜い怪物なのだから、気にするまでもない。そういってミラボーは笑ったが、もしや体調が悪いのではないか、なにか深刻な病気の兆しなのではないかと、こちらのタレイランは密《ひそ》かに勘繰らないではなかった。煽《あお》りで判断力まで鈍り、おひとよしの地金ばかりが出るようでは、今の政局を上手に切り盛りすることなどできないからだ。いくら自分の信奉者を侍《はべ》らせておくのが好きでも、さすがにカミーユ・デムーランまでとなると、少し見境なさすぎるのだ。

「あんな若造を好きに出入りさせているなんて、まったく、君の気が知れないよ」

と、タレイランは続けた。ミラボーは机に目を落としたまま、変わらず横顔の瘤に答えさせていた。はん、どうして俺《おれ》が了見を問われなければならないのだ。

「少しくらいは私の事情も気にかけてくれて、罰はあたらないだろうといっているのさ。というのも、さっきなんか、下階で奴《やつ》と顔を合わせることになったんだからね」

タレイランは相棒をショッセ・ダンタン通りの屋敷に訪ねていた。デムーランと顔を合わせたというのは、ミラボーに取り次がれる間に待たされた玄関での話だった。

あちらが出て、こちらが入る、ほんの擦れ違いでしかなかったが、タレイランは不愉快を強いられた。秋も深まる寒さであれば、毛皮の外套《がいとう》くらいは羽織らないではおけないわけだが、それを屋敷の下男に預けていると、じろじろ毛並を調べるような目を向けられたのだ。

ひとりで出歩くわけにもいかず、従者も三人ばかり同道させていた。そのひとりひとりの顔まで順に見比べられて、のみか不遜《ふそん》に鼻で笑うような真似《まね》もされた。あげくの表情が、今にも罵《ののし》らんばかりだったのだ。

――おまえのような不良司教が市民ミラボーになんの用だ、くらいにね。

タレイランにして、まるで腹が立たなかったといえば嘘《うそ》になる。ああ、こんな無礼な若造には会いたくない。できれば、私が足を向けるような場所には現れてほしくない。

なかんずく相棒とまで目している、ミラボーの屋敷には出入りしてほしくない。

「だって、あいつなんだろう。『フランスとブラバンの革命』なんて、ふざけた新聞を出しているのは」

「確かにデムーランの新聞だが、それがタレイラン、おまえに、なんの関係がある」

ミラボーは変わらず顔さえ上げなかった。本当は憤激していたというほどではなかったが、相棒の無関心こそ癪《しゃく》だった。無理にも注意を促したくて、いよいよタレイランは声を荒らげた。そんな呑気《のんき》に、なんの関係がある、じゃないよ。

「名指しで悪口を書かれたんだよ、この私は。全国連盟祭のときさ。聖餐式《ミサ》を執式したオータン司教は、儀典が終了次第に博打場《ばくちば》に馬車を走らせたとか、大枚を賭《か》けたあげくに五十万フランを儲《もう》けたとか、この腐敗した貴族体質の聖職者は不謹慎にも程があろうとか、とにかく、ひどい書かれようをしたんだよ」

そう一気に捲《まく》し立てると、ようやくミラボーは顔を上げた。ふうと大きく息を吐き出し、なお面倒くさげではありながら、取り合う気にはなったようだった。

「だが、タレイラン、七月十四日の晩の博打は、本当の話ではないか」

「それはそうだが、私の義憤は意味が違う」

「義憤ねえ。それで立腹おさまらず、要するに、なにかしたわけか、デムーランと不仲になるような真似を」

「不仲だなんて、やめてくれよ。そんな言葉を使うと、あんな若造のごときが、この私と対等な感じに聞こえてしまうじゃないか」

「といって、知らぬふりを決めこんだわけでもないのだろう。デムーランに睨《にら》みをくれられるだけの意趣返しはしたんだろう」

「まあ、書面で『フランスとブラバンの革命』に苦情は申し立てたさ」

「ほお、どんな」

「金額が正しくない、とね。私が儲けたのは三万フランだけだ、とね」

「はん、なにが義憤だ。反対に、おちょくったんじゃないか。デムーランの告発記事なんか、まるで気にしてないんじゃないか」

「そりゃあ、そうさ。『フランスとブラバンの革命』なんて、ほんの三流紙なわけだからね。カミーユ・デムーランなんて、土台が取るに足らない男だからね」

「だから、少しも気にならないと。はん、大貴族の末は傲慢《ごうまん》なものだな。もちろん、反省するわけでもないのだからな」

「反省だって?! なにか反省する必要があるのかい、この私に」

タレイランは、わざとらしいくらいに声を高くした。だって、そうだろう。悪いことなんか、なにもしていないんだよ。誰に迷惑かけたわけでもないんだよ。博打を打つのは、犯罪じゃない。きちんと代金さえ払えば、酒を飲んでも責められない。あげくの上機嫌で女を抱いたからといって、亭主ならざる輩《やから》に文句をいわれる筋合いはない。

「ああ、そうさ、私は好きなんだよ。楽しみなんだよ。賭博《とばく》も、酒も、女も、やらずには済まされないんだよ。それ全部が不道徳かもしれないけれど、ことごとく違法というわけじゃない。違法でないなら、咎《とが》められる謂《いわ》れはない。そうやって気晴らしすることで、ばりばり仕事ができるんだったら、こちらは憲法制定国民議会の議員なわけだから、むしろ国民のためになるといえるくらいだ」

「そうまで居直るのもどうかとは思うが、まあ、確かに、私の遊興の是非と公の仕事の可否は、はっきり無関係とされるべきだろうな」

「いや、ミラボー、だから、関係ないわけじゃないんだよ。だって、遊ぶ金があるということは、仕事ができることの証明なわけだからね」

「はっはっは。そうか、タレイラン、それが仕事か。励めば励むほど、サフランの香りがする金が懐に入るという、おまえ一流の仕事の話だな」

相棒に高笑いを続けられて、さすがのタレイランもいくらか頬《ほお》を緊張させた。知っていたのか、ミラボーは。とはいえ、真実を仄《ほの》めかされても、驚くべきではなかった。ああ、そういう男だ。そういう男だからこそ、その友人と目される私のところにも、ばんばん金が回ってくるのだ。

――つまりは外交通とされる男だ。

ミラボーがいう「サフランの香りがする金」とは、その高価な香料をどれだけ食にふりかけられるかで己《おの》が富と権力を表現する国、つまりはスペイン王国からの賄賂《わいろ》という意味だった。

スペインは苛立《いらだ》っていた。ノートカ湾の問題で援軍を要請しても、フランスからは返事がない。それをきっかけに宣戦講和の権限について、議会で激論が交わされたきりだ。ともにブルボン家を戴《いただ》く友好国であるはずなのに、向こうは全体どうなっているのだと、それがピレネの彼方《かなた》の苛立ちだった。

革命の混乱は察しないではないながら、そろそろ同盟の固いところを現実の行動で、はっきり示してもらいたい。タレイランが多額の賄賂を懐に入れられたのは、そうした口説きを懇《ねんご》ろに聞いてやった見返りだった。

「けれど、それを責めるかい、ミラボー、君が」

「別に責めるつもりはない」

「だろうね。やはり金櫃《かねびつ》から臭《にお》いが上がってくるんだろうけど、この屋敷はといえば、やたらと紅茶の香りがするわけだからね」

「ははは、あきたらずにウォッカで呑《の》んだくれている輩が、こいつは全体なんの皮肉のつもりなのだ」

「つまりはミラボー、私くらい趣味のよい人間になると、キャベツの酢漬けをつまみに、麦酒《ビエール》をやったりなんかはしないと、そう忠告さしあげたいわけさ」

ミラボーも表情を大きく歪《ゆが》めて、にやりとしてきた。はっはっは、つまるところ、ハシッシには手を出すなと、そういう釘《くぎ》を刺しておきたいわけだろう。

23——不評

隠語でやりとりしていたのは、国際外交の綱引についてだった。ミラボーもミラボーで賄賂《わいろ》を受け取っていた。こちらに届けていたのは、イギリスとプロイセンだった。

タレイランが多額の金子をせしめていたのはスペインと、それにロシアからである。

フランスがどちらにつくかで、順境にも、逆境にも立たされるのだからと、この国を挟んで敵対する二陣営が、かたやミラボーに、かたやタレイランにと、それぞれ必死に働きかけていたのである。

わけても南下して、オスマン帝国に攻め入りたいロシアは、この東方の異教徒の国にイギリスが介入することだけは阻みたいところだった。いや、バルト海に船を出されて、背後から牽制《けんせい》されるのも嫌だ。同海域でフランス艦隊が演習なりともしてくれるなら、もう大助かりなのだ。

——そう縋《すが》る思いであられるから、エカテリーナ女帝も見込んで……。

なぜタレイランに賄賂を使うのかといえば、それはミラボーの友人だからだった。憲法制定国民議会の外交委員を務める、この最有力の議員さえイギリス方から寝返らせることができれば、もうフランス外交の針路は決定したも同然なのだ。それが現下におけるフランスという国家の実態に他ならないのだ。

「というわけだから、ミラボー、君のことは陰の外務大臣と、いや、あるいは総理大臣とも呼ぶべきなのかもしれないが、とにかく、イギリスだの、プロイセンだの……」

「おいおい、タレイラン、それは止《や》めろ」

「誰も聞いちゃいないよ。それに国名くらい出しても構わないだろう、私が口にする分には一般論にすぎないんだから」

「ではなくて、外務大臣とか、総理大臣とかいうほうだ」

「ははは、それはその通りで間違いないじゃないか」

「いや、だから、ミラボーの奴《やつ》は大臣の椅子《いす》に未練たらたらだとかなんとか、その手の悪意の噂《うわさ》を流されてしまった日には、やりにくくって仕方がないといっているのだ」

「ああ、そういうこと」

すんなりと引きとって、タレイランは別段なにか腹にあるわけではなかった。もっともな理屈だと、相棒の物言いを率直に得心できたからだ。なるほど、やりにくくって仕方がない。なるほど、実際やってもいる。

——ミラボーほどの働き者もいないほどだ。

とも、タレイランは認めていた。その多忙のほどをいえば、本物の閣僚など比べものにならない。すでに政治の主体は議会だという事情もあるが、こちらの議員が総じて忙しいというわけでもない。

あるいは自分が忙しいつもりの議員は少なくないかもしれないが、能書だけの左派であるとか、繰り言ばかりの右派であるとか、あの手合いの働きぶりを忙しいなどとはいわない。さほどの実もないからだ。多数にものをいわせられるだけ、無定見の平原派《プレーヌ》のほうが、よほど実があるくらいだ。

中身のある忙しさで淡々と仕事をこなし、その実力で議会を動かせる有力議員となると、ほんの一握りという数まで減る。この一握りを過たずに見抜くのが、革新の正義感だとか、保守の美意識だとか、はたまた極端を嫌う中庸の徳だとか、そんな主義主張、思想信条に無縁なだけに目を曇らされることのない、外国の大使、密使、工作員の類《たぐい》なのだ。

その外国筋で俄然《がぜん》株を上げているのが他でもない、ミラボーだった。この巨漢のところに来ない賄賂があるとすれば、ワシントンとの縁故でラ・ファイエットのところに流れている、アメリカ合衆国のそれくらいのものだ。

——あとはミラボーに働きかけてほしいと、この私のところに流れてくるか。

持つべきものは友だと、ここは美談にしておくべきかな。そう内心でまとめながら、タレイランは上辺は肩を竦《すく》めてみせた。わかった。わかった。ひとまずは止めにしよう。

「ああ、ミラボー、君の話は止める。外交の話も先延べにしておこう。国家間の懸案なら、むしろ長引いたほうが、賄賂の嵩《かさ》も高くなるわけだしね」

「はは、それこそイギリスの総理大臣ピットに嫌われてしまうぞ、タレイラン」

「ピットに嫌われるのなら、本望だよ。だって、それは私が仕事ができるということの、逆証明になるわけだからね。ああ、だから話を戻したいわけなんだけど、やはり反省する必要なんかないのさ。これだけ働いていれば、息抜きして当然なのさ。土台が政治をやる人間が、清廉潔白《せいれんけっぱく》である必要なんかないんだよ。国の命運を握り、また国民の幸福を担うというなら、厳しく問われるべきは、ますます仕事の成否なんだよ」

「政治家に道徳が求められるというのは、確かに奇妙な風向きだな」

そこはミラボーも共感を示してきた。示すはずで、実力においてはフランスで一、二を争うほどであり、それゆえに外国からの評価は鰻登《うなぎのぼ》りになっていながら、この男も肝心の国内では今ひとつ報われない感があったからだ。

より端的にいえば、晴れの公職に就く機会に恵まれない。ふさわしくない人間だと思われているからだ。不道徳のかぎりを尽くした、かつての放蕩《ほうとう》生活の醜聞ゆえに、いまだ非難の目を向けられることがあるのだ。

女出入りは激しい、作家としてはポルノまで書いている、やはり悪魔的なアンチ・キリストの輩《やから》なのだと、迫力あふれる醜面とあいまって、無用なほどに警戒される。

──これだけ、できる男なのに……。

タレイランは相棒の右耳下の盛り上がりをみやった。正面から向き合っても、はっきり瘤《こぶ》の隆起を確かめられる。この煉瓦色《れんがいろ》した奇怪な物体とても、やはり清々《すがすが》しい思いで眺められることはないだろう。それでもミラボーは、できるのだ。

能力より、道徳だの、人格だの、あるいは爽《さわ》やかなイマージュだのが重要視されるとするならば、それは向後《こうご》のフランスが人材を失いかねない危険も示唆する。馬鹿な話だ。まったくもって、馬鹿な話だ。

「とはいえ、タレイラン、おまえのほうは少し道徳に縛られたほうがいいな」

と、ミラボーは続けた。こちらは少し眉《まゆ》を上げた怪訝顔《けげんがお》で、即座に確かめないではいられなかった。君らしくない物言いだな。どうして、私ばかりが道徳を問われるんだね。

「オータン司教と肩書がついて、一応は聖職者なわけだからな」

「神聖な衣を穢《けが》すなかれというわけかい」

「そうだ。はっきりいって、不評だぞ」

「聖職者に似合わない私の博打《ばくち》好きが、じゃないだろう。聖職者民事基本法が、という話なんだろう」

タレイランは再びの舌打ちだった。ふざけてくれるよ、あの連中ときたら。はん、どっちが不真面目《ふまじめ》だっていうんだい。どっちが不誠実だっていうんだい。聖職者民事基本法は七月十二日の議会で可決しているんだよ。七月二十日には国王ルイ十六世の批准も得られて、あとは発布されるだけという段階まで来てるんだよ。

「なのに今さら、ぶつぶつ、ぶつぶつ、やるだなんて」

そう軽い話のように形容したが、ぶつぶつ、ぶつぶつ、やる程度で収まらないことは、タレイランとて重々承知のうえだった。可決にいたる順調な議会運営は、なにかの勘違いだったのかと俄《にわ》かに訝《いぶか》しくなるくらい、ここに来て非難の声が続出していたからだ。

ひとつには外圧が強くなっていた。ローマ教皇ピウス六世の反感のことだが、実のところ、もう七月二十三日にはフランス国王政府の内閣に宛《あ》てて、聖職者民事基本法を断罪する手紙を送りつけていたらしい。

かかる事実が伏せられたのは、ルイ十六世が聖職者民事基本法を批准する意を、議会に伝えたばかりだったからである。かねて敬虔《けいけん》な信仰心で知られた陛下のこと、ローマ教皇の口から声高な非難を浴びせられてしまった日には、前言を翻すという不用意な挙にも出かねない。が、それでは議会が大騒ぎになる。無政府状態さえ起こりかねない。

「事態の収拾を図らねばならない」

顔色を変えながら、関係者は念じていた。七月二十八日、ボルドー大司教として高位聖職者であり、国璽尚書《こくじしょうしょ》として閣僚でもあるシャンピオン・ドゥ・シセが練り上げた草案に基づいて、ルイ十六世は教皇庁に手紙を書いた。宗教問題に関する議会との合意形成に向けて、目下全力を尽くしている旨は、単に書簡で伝えられただけではなかった。

続く八月一日には、情理を尽くした説得を試みて、なんとしてもピウス六世から聖職者民事基本法に対する合意を引き出せと、在ローマ大使ベルニス枢機卿《すうききょう》に厳命が送られた。とにかく穏便に、せめて騒ぎにならないようにと、関係者は事態の収拾に、あらんかぎりの手を尽くしていたのだが、その同じ時間に議会のほうはといえば、ひとつも我慢しようとしなかったのだ。

八月十六日の議会に発言を求めると、聖職者民事基本法の公表が遅れていると非難したのが、議員ブーシュだった。印刷業者が多忙を極めているという、国璽尚書シセの返答も返答だったが、その言い逃れを苦笑で流すことなく、大真面目な憤激で内閣に再度の釈明を求めるという、まさに妥協のない態度に出たから、もう大変なのである。

24——無責任

きな臭い空気が漂い始めた。

八月十七日、シセは再び苦しい説明を繰り返すかわり、国王陛下は法文の公表に向けて鋭意努力していると、それだけ議会に保証してみせた。

居直りとも取れる答弁であり、当然それでは納得できないと、議員ブーシュは二十日にも要求を改めた。が、そのとき答えた教会委員ランジュイネは、ローマ教皇の返事待ちと内情を明かすことで、内閣が受けている外圧を、そのまま議会に流すような真似《まね》をしたのだ。

これに弱気になるどころか、いよいよ議会は激怒した。フランス国民の主権を侵害するつもりかと口角泡を飛ばしながら、どんどん依怙地《いこじ》にもなった。もはや歩みよりはありえない。聖職者民事基本法は一刻も早く公表されなければならない。そう唱えながら、二十四日の投票で公表を無理押しすると、即日その一文一文を万民の知るところとしてしまった。

フランスの聖職者たちが態度を違《たが》え始めたのは、その頃からだったかもしれない。

八月二十二日には、ヴィエンヌ大司教であり、閣僚でもあるルフラン・ドゥ・ポンピニャンが『聖職者民事基本法に関する司牧的手紙』を発表し、反対の立場を明確にした。

十月十一日にはクレルモン司教ボナルが、議会に聖職者民事基本法の施行猶予を要求、さらに同二十四日にはルイ十六世が任命した最後の司教ということになるジャン・ルネ・アスリーヌが、『霊的権威に関するブーローニュ司教J・R・アスリーヌの司牧的訓戒』を発表し、神学の見地から加えた反駁《はんばく》で、フランス聖界に大きな反響を巻き起こした。

あげくの決定打になったのが、エクス・アン・プロヴァンス大司教ボワジュラン責任監修、司教三十名の連名で同三十日に発表された、『聖職者民事基本法に関する諸原則の開示』だったのだ。

聖職者民事基本法の条文ひとつひとつを取り上げ、教会法の見地から解説と批判を試みた小冊子は、議会の一方的な押しつけをきっぱり退けてみせることで、総勢百十九人を数える高位聖職者団の公然たる協賛を呼び起こした。フランス聖界の活動指針とされたほどの容《い》れられ方で、可決された法文以上の大原則であるとも謳《うた》われていた。

十一月十一日には『在俗定住司祭ならびに司教区の忠実なる者どもに宛《あ》てた、ヴィエンヌ大司教ルフラン・ドゥ・ポンピニャン猊下《げいか》の警告』まで印刷に出された。大司教は再びの出版で、聖職者民事基本法が施行された場合の実地の対処を指南したのだ。

今やフランス聖職者団は、あからさまな逆襲に転じたといってよい。

「ふん、評判が悪い輩《やから》ほど、開き直る嫌いがあるものだな」

ミラボーが続けていた。タレイランは苦笑を禁じえなかった。だから、それは私の話じゃないだろうね。聖職者民事基本法の話なんだろうね。

「でなければ、しつこく反対されるほど、より態度が強硬になるばかりという、議会の話をしているのかね」

事実として、十一月十四日の憲法制定国民議会は、聖職者民事基本法の施行を今月末に決定していた。条文の改定を検討するとか、せめて施行を猶予するとか、そうした譲歩の態度は一切みせることなく、ただ押しつけるばかりだった。

「まあ、どっちだっていいんだがね。もう知らないよ、私は」

「おいおい、タレイラン、おまえという男は相変わらず無責任だな」

「無責任だって。ミラボー、これまでも君という奴《やつ》は、一再ならず私を無責任と責めてきたけど、この際はっきりさせておけば、こちらは一度も納得していないんだからね。ああ、今回だって、私が悪いわけじゃない。ああ、みんな、勝手なのさ」

タレイランは嘆いてみせた。ローマ教皇庁は声高に非難するばかり、なんとか取りなそうと内閣が努力しても、こちらの議会は輪をかけて頑《かたく》なで、譲歩もなく、妥協もなく、それどころか時間の猶予すら与えない。これに憤慨して、いよいよフランスの聖職者も反感を隠そうとしなくなったとなれば、すでにして事態は暗礁に乗り上げたといえる。

「完全な失敗だよ、聖職者民事基本法は。後の世の歴史家からは、きっと非難されるだろう。暴落したアッシニャと併せて、輝かしき革命の二大汚点のひとつだと……」

「評論家になってどうする、タレイラン」

「………」

「実質的な首謀者なのだ、おまえは。ここで投げ出すわけにはいくまい」

「そう思うんなら、力を貸すべきじゃないか、ミラボー」

と、タレイランは切り出した。我こそは首謀者である。ここで投げ出すわけにはいかない。そんなこと、いわれるまでもなく自覚していた。

聖職者民事基本法が頓挫《とんざ》したからと、良心が痛むわけではない。誰が怒り、誰が困り、あるいは誰が不幸になろうと、こちらの与《あずか》り知るところではない。が、タレイラン・ペリゴールの名前にも、多少なりと瑕《きず》がつかざるをえないかなと、そう思えば無念が胸に渦巻いてしまう。ああ、それでは困る。そんなことは許されない。

――なんとかしなければならない。

実際、タレイランは息苦しい日々だった。聖職者民事基本法は、まさに進退きわまっている。なんとかならないうちは、胸がつかえて、つかえて、大きく息を吸うことすらできない。にもかかわらず、自分ではできないのだ。というより、その種の泥臭い仕事となると、自分が果たすべき役割だなどとは、どうにも思うことができないのだ。

「だからって、どうして俺が」

はん、御免だな。そうやって、あちらのミラボーは鼻から息を抜いていた。いくらか言葉も続けたが、それも先刻までの書きものに目を戻しながらの、やっつけだった。あぁ、確かに俺《おれ》も聖職者民事基本法には賛成だ。教会財産国有化のときから、おまえに協力してきた経緯もある。ある意味では首謀者のひとりといえるのかもしれないが、それでもタレイラン、おまえほどの責任はありえない。

「なにより、俺は忙しいんだ。聖職者民事基本法の問題くらい、おまえ、ひとりで片づけてくれ」

「おいおい、待ってくれよ、ミラボー。それこそ無責任というものじゃないかね」

「だから、俺も一議員としてなら、おまえのやることに協力は惜しまない……」

「そんな話じゃないよ。聖職者民事基本法の話でもない。この私、シャルル・モーリス・ドゥ・タレイラン・ペリゴールに対して、君が負うべき責任の話をしているのさ」

ミラボーは再び顔を上げた。ほお、おまえに俺がどんな責任を負わなければならない。あえて真顔のままで、タレイランは答えた。まったく、とぼけちゃって、困るなあ。

「だって、ミラボー、君のせいで、私は大臣になりそこなったんだよ」

「なんだって」

「だから、私は今夜も、これからジェルメーヌのところなんだよ」

「ジェルメーヌ？」

「スタール夫人、というのは、ネッケルの愛娘のことか」

ミラボーは目を丸くした。数秒の絶句を置いて、あとに続けたのが爆笑だった。わっはっは、タレイラン、まさか、おまえ、ネッケルに取り入るために、娘のスタール夫人にいいよったというわけか。

「笑うな、ミラボー」

「いや、こいつは笑わずにはおられまい。まったく、タレイラン、おまえも、よくやるものだ。スタール夫人といえば、世に聞こえた才女だぞ。かわりというか、ろくろく色気もないような大女だぞ。そんな、腕相撲《うでずもう》で自分が負けるような女を相手に、おまえときたら……」

「やるさ、やるさ。連盟祭の夜は確かに大勝ちしたが、そのあとの博打《ばくち》は大負けだったからね。その借金の高はといえば、家財産の全てを処分したところで、とても払えないくらいだったんだからね。だったら、もう財務関係の閣僚になるしかないじゃないか」

「ないじゃないかというが、それは国庫から横領を働くという意味か」

「横領だなんて、ちょっと前払いしてもらうだけだよ、この私の秀でた働きに対する当然の報酬を」

「とんだ言種だが、まあ、いい。それで娘のジェルメーヌ・スタールのほうを、まんまと愛人にできた矢先に、親父《おやじ》のネッケルのほうが失脚して、全ては水の泡になったと。おまえが大臣になりそこなったというのは、つまりは、そういう話なのか、タレイラン」

「その通りだが、ひとつ訂正させてもらうと、ネッケルは失脚したんじゃない。させられたんだ、ミラボー、君の雄弁の煽《あお》りでね」

「といって、大臣になりそこなったと、おまえに恨まれる筋ではなかろう」

「そんな風に居直れるから、ミラボー、君は無責任を通り越して、鉄面皮だというんだよ。だって、本当に困ってたんだよ、私は。他にどうしようもなくて、当座の金をスペインやロシアから引き出したわけなんだが、君ときたらイギリスやプロイセンに肩入れしたまま、私の顔を立ててくれるでもないんだからね」

「顔を立てるというが、そいつは外交の話だぞ、タレイラン。はん、簡単に肩入れできるか。なんたって、フランス海軍をバルト海に展開させる……」

「話をすりかえるな、ミラボー。友達甲斐《がい》がないことには、少しも変わりないじゃないか」

我ながら、最後は拗《す》ね子のようになった。が、それで相手が折れるだろうことも、タレイランは確信していた。ミラボーはできる男だからだ。それだけに大物を気取りたがるからだ。おひとよしの地金が出て、世話を焼かないではおけなくなるのだ。

数分ほど黙して考えこんでから、しかしてミラボーは頷《うなず》きを返してきた。わかった。ああ、タレイラン、わかった。聖職者民事基本法の件は、確かに難題かもしれん。おまえひとりに押しつけるには、確かに荷が勝ちすぎるかもしれん。だから、ああ、俺が協力してやろう。議会で演壇にも立ってやろう。

「だが、ひとつだけ条件がある。これだけは呑《の》んでもらう」

25——宣誓強制

十一月二十六日、議員ヴォワデルが議会に寄せた教会委員会報告は、その内容から告発に等しいものだった。

実際にブルターニュやラングドックで看取された動きとして、聖職者民事基本法に反対する一党が、その聖職者としての影響力を発揮することで在地駐留の王軍を煽動《せんどう》し、もって国民衛兵隊を襲撃させ、かつまた地方当局を混乱させせんと陰謀を温めている節があると述べたからだ。

「もはや見解の相違などという、生易《なまやさ》しい話ではありません。反革命の由々しき事態といわなければなりません。聖職者民事基本法に対する反対は、もはや私見の表明としても容認されるものではないのです。つきましては、今より八日以内に法文を全面的に遵守《じゅんしゅ》する旨を宣誓するよう、全ての聖職者に要求するべきではないでしょうか」

かかる発議を受けて、議場は一気の沸騰を示した。挑発行為とも解釈した右派、わけても逆襲に転じて久しい聖職代表議員たちが、もとより沈黙を守るわけがなかった。

「ええ、あまりにも感情的な発議です。おまけに八日以内だなんて、非現実的な話でもある。いくらなんでも、もう少し理性的な発言をお願いできないものかと」

どちらが感情的だ。どちらが非現実的だ。少しは理性的に物事を考えるべきなのは、一体どちらのほうなのだ。議席で議事を見守りながら、できることなら声を荒らげて、自分も奴《やつ》らを罵《ののし》りたいと、タレイランはそれくらいの思いだった。というのも、なんなのだ、その不可解きわまる論法は。

「ええ、聖職者に宣誓を求めるだなんて、土台が無理難題といわざるをえません」

「その通りだ。宣誓とは神聖なものだからだ」

「いかにも、聖職者民事基本法に宣誓だけはできません。それが憲法の一部であろうと、法律というものに聖職者は誓いを立てられないからです。いえ、法律が尊くないとは申しません。けれど、それは神ならぬ人の業にすぎない。聖職者が誓うとすれば、その対象は神のみということになるのです」

「まったく、いい加減で御理解いただきたいものです。それくらい、我らの『開示』のなかでも触れられていたはずでしょう」

「よろしいですか、聖職者の権威は神から授かるものなのです。人から与えられるものではありえない。そこのところをお汲《く》みとりいただけないかぎり、どんな聖職者民事基本法も成立しえないものと、これを機会に肝に銘じていただきたく」

「ええ、ええ、まったく、まだわからないのですか」

そうやって語尾を高くした声音には、こんな簡単な道理も容《い》れられない、阿呆《あほう》とも、馬鹿とも、幼稚とも、こちらを見下す勢いが感じられた。

さすがに腹が立つ。タレイランとしても、いっそうの侮蔑《ぶべつ》の念をこめながら、そっくり同じに問い返したい気分である。ええ、まだわからないのですか。

現に議員ヴォワデルは、ただ誓えといったわけではなかった。

「ええ、ええ、聖職者民事基本法に宣誓を拒否した聖職者は、その職を即座に取り上げられて然《しか》るべきでしょう」

だから誓えと、免職とひきかえに要求するのが、発議の肝だったのである。なのに雲の彼方《かなた》ばかりみあげて、どうする。天上の神の話ばかり繰り返して、どうする。魂が肉を持つことを免れえない、これは地上の話なのだ。飲み、食い、まぐわい、または糞便《ふんべん》をたれなければならない、日々の生活の話なのだ。

──自明の理も、また別にある。

神はなにも与えてくれない。愚かしい錯覚を別にすれば、ひとつの実も与えない。与えるのは常に人だ。より具体的にいえば、フランス政府であり、ひいてはフランスの納税者なのだ。その人に許されることなくしては、おまえたち聖職者は仮に神に愛されたとしても、食っていくことができないのだ。

——尻尾《しっぽ》を振るべきは……。

餌《えさ》を投げてくれる相手だと、犬とて承知の話だ。それくらいの言葉を唾《つば》を飛ばして喚《わめ》き散らすかわりに、タレイランは飛びきりの冷笑を浮かべたまま、静かに見守ることができた。ああ、だから、そのへん、わからせてやってくれよ、ミラボー。

十一月二十七日、憲法制定国民議会は前日の審議を改めていた。かかる議場の演壇に朝一番で進んだ男は、異様なくらいに大きくみえた。

土台が巨漢の部類なのだが、それにしても大きい。というより、ひとつ言葉が吐かれるごとに膨張して、ぐいぐい手前に迫《せ》り出してくるようだ。うわん、うわんと耳鳴りを招きながら、天井に幾重にも反響するバリトンも、また錯覚を招くに一役買っていた。

——なんだ、ミラボー、絶好調なんじゃないか。

タレイランの余裕は、やはり崩れなかった。相棒に関していえば、もしや悪い病気なのかと、一時は本気で心配した。右耳の下の瘤《こぶ》は今も大きく、というより前より膨れたくらいで、距離を置いた議席からでも、はっきり窺《うかが》うことができる。左目の瞼《まぶた》も腫《は》れて、演壇に向かう途中の印象をいえば、いかにも病人めいていた。ミラボーこそ切り札であるというのに、全体どうしたものかと頭を抱えかけたものの、いざ演説さえ始まってしまえば、全てが杞憂《きゆう》として吹き飛んだのだ。

「いやいや、ですから、私は摩訶不思議《まかふしぎ》な神秘の領域の話など、ひとつもしていませんよ」

くどいくらいに繰り返して、ミラボーにしても最初に強調したのは、そうした論点だった。ええ、三位一体《さんみいったい》の神の尊さは認めております。その神を語る神父さま方の御口《おくち》が嘘《うそ》に汚れているというつもりもありません。ただ教会という組織ばかりは変えていこうと、フランスという国が刷新なったからには、それに相応《ふさわ》しい形に変えていこうと、それが聖職者民事基本法なわけです。教区や役職の合理化、聖職者の国家給養、さらに聖職者の人民選挙を導入したというのは、また教会の形にしてもアンシャン・レジームの下で歪《ゆが》められてきたのだと、市民として心を痛め、また憤慨の念に駆られざるをえなかったからなのです。

「なのに、なんなのですか、あの『開示』とかいう小冊子は。我らが取り組んできた仕事を邪魔したいというのですか。正しき市民をまたぞろ煩わせたいというのですか」

そう詰問に運びながら、すりかえの議論でしかないと、そのことは弁解の余地もなかった。そうまで悪質な代物ではなかったからだ。『開示』が非難しているのは、主として議会の一方的な押しつけだったからだ。聖職者民事基本法の内容を抜本的に改めてほしいというよりも、人ならぬ神に仕える組織なのだから、法に命じられるままというのでなく、教会側にも協賛の権利と機会を与えてほしいと、そう控え目に訴えたものにすぎないのだ。

――が、それに真面目《まじめ》に応《こた》えていたら、やってけないよ。

いずれにせよ、聖職者民事基本法は通さなければならないからだ。単なる手続きの問題だと、そう楽観できなくない半面で、このままの勢いで一気に片をつけられないでは、厄介な話になるという悲観もあった。審議の思わぬ長期化という、不本意な結末さえ危《き》惧《ぐ》された。

「そんな暇はあるまい」

と、それがミラボーの考え方だった。でなくとも、長期化に持ちこまれれば、その時点で革命が敗北する公算が大きくなる。相手は聖職者だからである。無分別に剣を取り、腕力ひとつで白黒をつけるというような、短絡的な発想は端《はな》から持たない。あくまで言葉ばかりを武器に、幾重もの理屈を巧みに弄《ろう》しながら、いうなれば知らず知らずの間に寝技に持ちこんで、こちらに身動きとれなくさせる。

「それにしても巧妙な手管を用いるものだと、私は戦慄《せんりつ》を禁じえません。神という摂理の根拠を弁護するとか、霊的権能を要求するとか唱えますが、そうした平和的な解決を装うかげでは、憲法を転覆させるためのあくどい奥の手を画策しているというのですから」

ミラボーが続けていた。ああ、そうだ。あげくに最後は我を通し、そうやって千年からの歳月を永らえてきたのが、カトリック教会という怪物なのだ。かかる持論あるがゆえに、タレイランも友人の考え方に全面的に賛同したのだ。

二人で戦略を練り上げれば、強攻策の結論は必定《ひつじょう》だった。ああ、これまでの議会の態度を殊勝に反省するどころか、条文の改定など容れず、施行の猶予も考えず、かわりに締めつけを倍加して、いっそう厳しく押しつける。

「聖職者民事基本法に反対する輩《やから》は、水面下では蜂起《ほうき》や暴動の類《たぐい》を煽動しているという非難も、あながち悪意の邪推であるとは片づけられますまい」

とも、ミラボーは蒸し返した。いうまでもなく、前日の議会で同じような告発に及んでいる議員ヴォワデルは、二人で因果を含めた手駒《てごま》にすぎない。ああ、聖職者民事基本法は無理にも強制するしかない。ああ、ああ、聖職者には是が非でも宣誓してもらわなければならない。

ミラボーが演説で試みたのは、そうせざるをえなくなるよう、あらかじめ聖職者たちを周知の弱みに追いこんでおく手続きだった。それにしても、どうして、こうなってしまったのでしょう。

「いや、この議会の場において、その悪魔的な根源、つまりは長らくフランスを腐敗させてきた伝染病のようなものですが、その正体を暴露しようとは思いません。ただでさえ人民は心を痛めておりますし、それに醜聞を暴き出すことで、聖域の権威という教会の健やかなりし一面までを、信徒から遠いものにしたいとは思わないからです」

そうした言葉で仄《ほの》めかすのは、教会財産没収の一件だった。議会の意図や、聖職者の理屈がどうあれ、こたびの造反劇を一般大衆は、享受してきた特権や蓄えてきた富を奪われたがゆえの怒りと解釈して、ほとんど疑うこともしていない。これからは贅沢三昧《ぜいたくざんまい》ができなくなると思えばこそ、ああでもない、こうでもないと理屈を捏《こ》ねて、聖職者民事基本法から逃れようとしているのだろうと、それが人々の受け止め方なのである。

事実、傍聴席は沸いていた。

「市民ミラボーに暴いてもらうまでもねえ。うちの教区の坊さんなんか、高利貸しまでやってたぜ」

「どの司教宮殿もヴェルサイユの焼き直しだったしな。つまりは寵姫《ちょうき》の部屋が、いくつも用意されていたってわけさ。日夜の酒池肉林だって、もう公然の秘密だぜ」

「市井の貧しき神父さまだって、必ずしも綺麗だとはいえねえや。てえのも、国家給養に切り替わって、司祭職は給金が増えるくらいなんだろう。それに反対するからには、そうか、これまで教会の内輪でやりくりする分にゃあ、信徒にわからないように工夫した隠し所得があったってことだな」

そう勘繰る空気が支配的になってしまえば、聖職者たちとしても単に理屈を唱えて、やはり法律には宣誓できませんとは行かなくなるのだ。

26――止《とど》め

全て計算通りと、ミラボーは止めの一撃だった。ええ、そうなのです。公に軽蔑されている悪徳の印が、はっきり刻まれているような額に、聖なるティアラを載せることなどできません。かかる高位聖職者こそ、反教会法的な被造物であると責められなければならないのです。宗教と無関係な内実によりて、神の羊の群れの小屋に入らんとする輩《やから》は、まさに侵略者に等しいのです。それは信仰が神に見放され罰せられるより、なお呪《のろ》わしい話だといえましょう。であれば、です。

「かかる悪徳と腐敗を、これで一掃できると、同胞たちが公平かつ濁りなき目で高評した法律を、あえて断罪しようなどとは、よほどの恥知らずでなければ、できないはずではありませんか」

せんか、せんかと、ミラボーの言葉が反響しながら尾を引いた。

それだけ耳に届くというのは、あとの議場が数秒というもの、しんと静まりかえったからでもあった。野次り倒してやろうと、恐らくは肩を怒らせ、身構えていた右派の面々でさえ、刹那《せつな》は声を奪われたようだった。

全員が呑《の》まれていた。演説の内容を取り上げても、その論理、論法、言葉の選び方にいたるまで、はなかった。変わらず通る声だったが、無理にも押しつけるような吠《ほ》え方であるいは平板の誹《そし》りを免れないものだったかもしれないが、それもミラボーだと、違うのだ。圧倒的な説得力と化しながら、どんな反論も押し流してしまうのだ。

――ほとんど神がかりだな。

と、タレイランは呟《つぶや》いた。ああ、そうだ。いっそう痘痕《あばた》を黒ずませる相貌《そうぼう》の黄疸《おうだん》とい い、端から膿《うみ》を垂らす充血した左目といい、煉瓦色《れんがいろ》に膨れ上がる右首筋の瘤《こぶ》といい、いたるところ病に蝕《むしば》まれたミラボーは醜怪でさえあるはずなのに、それが壇上にあって、議場に言葉を投げかけるや、なんだか総身が光に包まれ、まさに神々《こうごう》しいほどなのだ。

「…………」

我ながらの言葉に胸を突かれてから、タレイランは再びの冷笑だった。神などいない。いるはずがない。いるとするなら、それはミラボーのなかにいる。というより、今や人間こそが神なのだ。この革命で神になろうとしているのだ。

「ですから、私はヴォワデル議員の発議を支持いたします。全ての聖職者は聖職者民事基本法に宣誓するべきです。宣誓できない聖職者は、その職を追われるべきです」

ミラボーは結論した。議場に戦慄《せんりつ》が走る様が、タレイランには肉眼にみえた気がした。なるほど、衝撃的な結論だった。ヴォワデルの口から吐かれた時点で、すでに衝撃的だったのだ。同じく有無をいわせない強制の文言も、いよいよミラボーの口から叫ばれるなら、ほとんど弾劾《だんがい》に近くなるのだ。

――だからこそ、匙加減《さじかげん》を誤るわけにはいかない。

追い詰めることが必要でも、追い詰めすぎると、止めの一撃どころか、全て振り出しに戻りかねない。圧力をかけるも、ぎりぎり反発しない限界を、きちんと見極めなければならない。

それは一流の政治的配慮というべきものだった。ミラボーは続けた。ええ、よもや聖職の方々に迷いがあるとは思われません。とはいえ、八日以内というのは厳しい。というより、現実的ではありません。フランス王国全土で徹底されるべき手続きなわけですから、時間的な猶予は設けられなければならないでしょう。

「今日から八日以内というような期限は、やはり無茶な話であると思われます。ええ、そこを譲らせてもらったからには、あとは天と魂の御名《みな》において、あえて公言いたしましょう。司教たち、司祭たちが、かくも痛みある方法において議会を困らせている様に、私ほど心を痛めている人間もいないと。聖職者みなが、己《おの》が使命の命じる行動をとってほしいからだと。教会という組織を憲法に合わせ、そうすることで、祖国が新しい形に馴《な》れずに動揺してしまうのなら、なおのこと宗教の力で支えてほしいからだと」

と、まあ、建前は建前として、これで坊さんたちにも最後通牒《さいごつうちょう》が突《つ》きつけられたわけだ。背もたれに身体《からだ》を預けて、ふうとタレイランは息を吐いた。聖職者民事基本法に宣誓しなければ、路頭に迷う定めがあるばかり。どれだけ神を称《たた》えたところで、天からパンが降り落ちてくるわけでなし。となれば、考えるまでもないだろう。

――もう決まりだ。

タレイランは楽観した。というより、楽観したかった。実をいえば、戦略を練り上げた時点で、すっかり安心してしまった。成否については予断を許さない、あるいは乱暴な博打《ばくち》だったかもしれないと、それに冷水を浴びせるような言葉で報いて、あちらのミラボーが慎重な構えだったのだ。

「というのも、聖職者の宣誓には今は期限を切らないだけだ。実際の期限というものはあるのだ」

今日十一月二十七日の議会で、聖職者民事基本法に対する宣誓強制法案を可決できたとしても、それが法律として効力を持つためには、国王の批准を得なければならない。とすると、フランス王国の全ての聖職者が厳に宣誓を求められる実際の期限は、フランス王ルイ十六世が王国の法と認めた瞬間から八日以内と、それくらいの線で落ち着くことになるだろう。

「ならば、鍵《かぎ》を握るのは王だとも換言できる」

いつルイ十六世が批准の署名を走らせるかで、聖職者に与えられる時間的猶予が増減すると、それだけの話には留《とど》まらない。陛下の批准そのものからして、約束されたものではないからと、それがミラボーの観察だった。善人であるがゆえに、神を畏《おそ》れる気持ちも強いルイ十六世は、そもそもの聖職者民事基本法の批准についても、実は渋々という体《てい》だったのだ。

「宣誓強制の批准も難航は必至だ」

そう読んだからには、すでにミラボーは運動を始めていた。メルシィ・ダルジャントー伯爵、ラ・マルク伯爵、トゥールーズ大司教と、ルイ十六世の側近たちに私信を発して、法案を議会に諮《はか》るに先がけて、もう根回しにかかっていたのだ。

「が、それでは足りないだろう」

とも、ミラボーは続けた。ああ、自分では足りない。不道徳な放蕩者《ほうとうもの》と悪名高い輩に、神を冒瀆《ぼうとく》するような話ではないと請け負われたところで、とても信じられるものかと、そうした理屈ある以前に俗人だからだ。それでは頑固な善人は聞かない。

「耳を傾ける相手がいるとすれば、それは聖職者だけだ」

いうまでもなく、反対派の聖職者たちは動く。宣誓強制法案が可決されれば、もう今夜には動き出して、批准など言語道断でございますぞ、陛下、どうか署名なされませんようにと、ルイ十六世の取りこみに目の色を変える。いや、陛下、あやつらの甘言に惑わされてはいけませんと、これに俗人の立場で反論したところで、いいところが五分なのである。

「本当なら反対して然《しか》るべき聖職者が、あえて自ら賛成し、また推薦してみせればこそ、はじめて陛下の心も動くのだ」

「というが、ミラボー、この私の素行とて、かねて陛下には白眼視されて……」

「おまえじゃない、タレイラン。おまえに説得しろという気はない。それなら、まだ俺《おれ》が陛下を口説いたほうがマシだ」

「釈然としない物言いだが、まあ、いいさ。それで誰なんだい、君の意中は」

「ボワジュランさ」

と、ミラボーは名前を出した。

やりとりを思い起こせば、やはりタレイランは閉口せざるをえなかった。

というか、それは無茶な話だろうと、今も思う。エクス・アン・プロヴァンス大司教ボワジュランといえば、『開示』を責任監修して、今や聖職者民事基本法反対派の旗頭なのだ。ルイ十六世の説得になど協力してくれるはずがない。そもそもが宣誓強制法案に賛成してくれるわけがない。

「いや、ボワジュランなら話せるさ。おまえと違って、根が真面目《まじめ》で責任感の強い男だからな」

そう評するミラボーにいわせると、『開示』そのものも実は徒《いたずら》な敵対より、むしろ融和を志向するものだったのだ。まあ、そう断言されてしまうと、こちらも反論のしようがないんだが……。そう心に続けかけて、タレイランはハッとした。がたん、がたんと大きな音が響いていた。

「苟《いやしく》も品級の秘蹟《ひせき》を授けられし聖職者に、左様な強制を課すということになれば、さすがの神の代理人とて、もはや黙っておりますまい」

議場では、ようやく右派の反撃が始まっていた。モーリ師は聖職代表議員のなかでは、図抜けて荒々しい調子で知られる猛者《もさ》だった。

土台が説教壇から信徒を脅すような法話を垂れているのだろう。がたんがたん演壇を揺らしながらの演説は、この議会においても十二分に通用する迫力だった。無法な介入を試みられておきながら、しばしば議事を奪われたまま、それを議長が取り返せないできたというのも、この説教者一流の話術のせいなのだ。

が、今日のところは相手が悪い。ミラボーは惚《とぼ》け方まで冴《さ》えていた。

「失敬、その神の代理人というのは」

「いうまでもありません。ローマ教皇ピウス六世聖下のことです」

「ははあ、もしや脅しということですかな、神父さま」

「な、なんと……」

「違うのですか、モーリ神父さま。ローマ教皇の名前を出せば、さすがに国際問題に発展させたくはないと、きゃつらも怖気《おじけ》づくに違いないと、そのような御考えから……」

「神を畏れなさい。ミラボー伯爵、あなたは神を畏れなさい。かかる聖職者に対する不敬こそ、ピウス六世聖下をして、お怒りならしめるものだといっておるのです。拙僧にしてみたところで、国際問題にするとか、外圧を加えるとか、そんな低俗な目的から聖下の御名を出したわけではないのであって……」

「ならば、よろしいのですな」

「なに」

「ですから、よろしいのですな、低俗なほうは」

「…………」

「フランスの聖職者から金子が上納されなくなろうと、これまでフランス国内に有してきた領地が没収されようと、そんな低俗な話はローマ教皇ともあろう方が意に介するものではないと。いいかえれば、フランスの教会は世俗の組織としては、聖ペテロの後継者を自称するイタリアの一司教の支配から抜け出して、一向に構いやしないと」

「それは……」

言葉に詰まる僧服を冷ややかに眺めながら、タレイランは離れた議席で小さく呻《うめ》いた。

モーリの馬鹿め。いくら荒法師の名が高いといって、今この時局においてローマ教皇の名前を出すとは、荒技にも程がある。教皇庁の介入を持ち出せば、なるほど議会は恐喝できるかもしれないが、それはフランスの聖職者をも傷つけかねない、まさに両刃《もろは》の剣《つるぎ》ではないか。

27——有無をいわせず

実際のところ、モーリは聖職者民事基本法反対派も主流というわけではなかった。非現実的な極論、ときに反革命の誹《そし》りも受けかねない暴論さえ吐き立てる、一種の過激派といってよい。

主流派のほうは、総じて厳密な議論を好んだ。僧侶《そうりょ》らしい深謀遠慮の賜物《たまもの》というか、八方美人の嫌らしさがあるというか、いずれにせよ、白黒はっきりさせるような議論は元から好まない。

「だから、話せないわけではない」

と、ミラボーは言葉を重ねたものだった。ボワジュラン責任監修の『開示』は実のところ、ふたつの方向性を内在させている。周知のように、ひとつは教会法の精神に照らした批判で、フランスの国民議会に再考を強いる方向性である。が、もうひとつにはガリア教会が浴してきた伝統的な自由という考え方を前面に出すことで、ローマ教皇の理解を獲得しようという方向も模索されていた。そこは祖国フランスを第一に掲げる議会に変わりなく、フランスの聖職者たちとて自分たちの国の教会運営については自分たちに任せてもらいたいと、とやかく外国の聖職者に命令されたくはないと、それが本音だったのだ。

話題の『開示』が目指していたのは、つまりは両面作戦だった。フランスの国民議会から譲歩を引き出すことで、ローマ教皇庁にも妥協案を容《い》れさせる。あるいはローマ教皇庁を味方につけることで、フランスの国民議会にも圧力をかける。

それがボワジュラン以下、フランス聖職者団の総意になるというのも、フランスという国家からも、ローマ教会という国際組織からも、一定の距離を置いて自立するというのが、ガリア教会の伝統であり、また理想だったからである。

それが証拠に今も努力は続けられていた。これでもオータン司教なので、タレイランのところにも情報が入るわけだが、つい一昨日《おととい》にもサンス大司教ロメニ・ドゥ・ブリエンヌが、教皇ピウス六世に手紙を送り、再び聖職者民事基本法に対する理解を求めたようだった。

なるほど、努力は続けるだろう。やめるわけにはいかないだろう。かくいうタレイランは、もう一面の事情も察しないではなかった。

――このままではシスマが起きる。

シスマ、すなわち教会大分裂である。

言葉としては、中世の昔に遡《さかのぼ》るものだった。アヴィニョンに教皇庁が置かれていた十四世紀、それを南フランスに留めたい一派と、ローマに戻したい一派が対立した。ともに教皇を立てることで、諸国のカトリック教会までがアヴィニョン派、ローマ派の二陣営に分かれ、まさにヨーロッパ全土に抗争を渦巻かせた事件が、いうところのシスマなのだ。

――それと類似の図式が、この現代に再現されかねない。

聖職者民事基本法に対する態度で分かれて、このままではフランスの教会は宣誓派と宣誓拒否派に二分されかねない。

この古い信仰が新時代の民主主義と折り合いをつけられるか否かと、そうした命題まで立てるなら、ことの成否はヨーロッパ全土を二分する火種にもなりえてしまう。が、それでは困る。信徒の信仰生活が混乱するからだ。信仰そのものまでが廃《すた》れてしまいかねないからだ。だからこそ、シスマは良識と責任感あるフランスの聖職者たちにとっての、最大の懸念になっていたのだ。

――しかし、なあ。

タレイランは逆説で続けざるをえなかった。しかし、どうにも虚《むな》しい努力だなあ。はっきりいえば、望み薄だなあ。

実際のところ、ローマ教皇が聖職者民事基本法を認めるとは思えなかった。現に九月二十四日には、枢《すう》機卿《ききょう》会議の名前でフランスの国民議会を非難する声明が出されていた。いや、ピウス六世も好んでシスマを起こすほど愚かではあるまいと、こちらの聖職者たちは希望を捨てていないわけだが、いや、いや、それくらいには馬鹿だろう、あのとんだ勘違い聖下というのが、タレイランの見方なのである。

返す刀というわけではないながら、こちらの憲法制定国民議会も十一月十八日から、教皇領アヴィニョンのフランス併合という議題に本腰を入れ始めた。ローマの神経を逆《さか》撫《な》でする挙も辞さないからには、もちろん聖職者民事基本法についても妥協の用意は皆無である。

フランス聖職者団の両面作戦は完全に失敗だった。それでもシスマだけは起こしたくないと祈るなら、やれることは限られているはずだと、それがミラボーの洞察だった。

「聖職者団は両面作戦などという器用な立ち回りは断念しなければならない。ローマを捨て、決然としてフランスを取らなければならない」

国民が主役の新しい時代においては、避けられない宿命であるとして、また教会もフランスに属し、その憲法に従うしかない。全員が聖職者民事基本法に宣誓した、まさに一枚岩の組織として、盤石の構えを示さなければ、ローマにしても折れて妥協するわけがない。聖職者民事基本法は認めないだの、人権宣言そのものが悪魔的だのと、あちらの教皇が調子づいていること自体、つけいる隙《すき》があると思われている証拠なのだ。

「まずフランスが一丸となること」

とミラボーは力説したが、それ自体が困難であることも、また言を俟《ま》たない実感だった。みての通りで、議会の態度は強硬だからだ。劣らない石頭で聖職者の面々も、憲法であれ、聖職者民事基本法であれ、神ならぬ人の業には宣誓できないと譲らないのだ。

こうまで話が拗《こじ》れてしまえば、ますます譲ることができない。印象だけでいえば、理念でなく、理想でなく、高が議員に屈伏させられることになるからだ。

「しかし、その相手が王なら、どうか」

一連の観察にも、ミラボー一流の持論が隠れていた。

王とて、確かに神ではない。が、神に似たものではある。王権神授説は今や廃棄されるべきだとしても、ランス大聖堂で戴冠式《たいかんしき》を挙げているからである。

それが別に「塗油式」とも、「聖別」とも呼ばれるのは、その昔のフランク王クロヴィスが戴冠したとき、それを祝福するために天使が遣わされ、聖油がもたらされたとの伝説があるからだった。

聖油を身体の各部に塗られる儀式こそ、戴冠式の眼目だった。それを済ませたあとの王は、神通力を備えた特別な存在に「聖別」されている。なお神ではないながら、神に似ている、少なくとも普通の人間ではない所以《ゆえん》である。

「とすると、高慢な聖職者たちも折れる気になるのではないか」

鍵《かぎ》を握るのは王だ。ルイ十六世に宣誓強制を批准させなければならない。聖職者民事基本法を全面的に支持させなければならない。かかるミラボーの立案は、政治力学からしても巧妙というべきだった。要はフランス王という象徴的な存在を、一種の緩衝材に用いるのだ。その仲裁において、国民議会と教会は和解を果たすのだ。挙げて、フランスが一丸となれるなら、もう恐れるべき敵もないのだ。

「だから、タレイラン、おまえはボワジュランと話せ」

かかる理屈を丁寧に噛《か》んで含めるようにして説けば、ボワジュランなら賛同してくれないとも限らない。味方につけることができれば、ひるがえって王を説得させることもできる。だから話せ、会談の場は調えてやるから、もう一度だけボワジュランと会えと、そうミラボーは繰り返したものだった。

ところが、こちらのタレイランはといえば、再びの溜《た》め息なのだ。

――やはり苦手だ。

というより、気まずい。フランス教会会議を設立すると約束して、教会改革への協力を取りつけておきながら、それをタレイランは反故《ほご》にしたままだった。ボワジュランは怒っているだろう。オータン司教の顔などみたくないと、それくらいの勢いだろう。というか、協力の態度を翻して、『開示』など出してきたのも、私の約束破りに対する報復だったかもしれない。

そう思いつけば、こちらのタレイランはますます顔を合わせたくなくなる。けれど、こたびの話は有無をいわせぬ強制なのだ。会談を拒否すれば、もうミラボーは私を助けないというのだ。

――仕方ないなあ。

議場に声を通すのは、もはや議長のみだった。そろそろ投票にかけられて、聖職者民事基本法への宣誓強制法案が、思惑通りに可決を遂げるようだった。

主要参考文献

・J・ミシュレ『フランス革命史』（上下）桑原武夫／多田道太郎／樋口謹一訳　中公文庫　2006年
・R・ダーントン『革命前夜の地下出版』関根素子／二宮宏之訳　岩波書店　2000年
・R・シャルチエ『フランス革命の文化的起源』松浦義弘訳　岩波書店　1999年
・J・オリユー『タレラン伝』（上下）宮澤泰訳　藤原書店　1998年
・G・ルフェーヴル『1789年―フランス革命序論』高橋幸八郎／柴田三千雄／遅塚忠躬訳　岩波文庫　1998年
・G・ルフェーブル『フランス革命と農民』柴田三千雄訳　未来社　1956年
・S・シャーマ『フランス革命の主役たち』（上中下）栩木泰訳　中央公論社　1994年
・F・ブリュシュ／S・リアル／J・テュラール『フランス革命史』國府田武訳　白水社文庫クセジュ　1992年
・M・ヴォヴェル『フランス革命と教会』谷川稔／田中正人／天野知恵子／平野千果子訳　人文書院　1992年
・B・ディディエ『フランス革命の文学』小西嘉幸訳　白水社文庫クセジュ　1991年
・E・バーク『フランス革命の省察』半澤孝麿訳　みすず書房　1989年
・G・セレブリャコワ『フランス革命期の女たち』（上下）西本昭治訳　岩波新書　1973年

・スタール夫人『フランス革命文明論』(第1巻~第3巻) 井伊玄太郎訳 雄松堂出版 1993年
・A・ソブール『フランス革命と民衆』井上幸治監訳 新評論 1983年
・A・ソブール『フランス革命』(上下) 小場瀬卓三/渡辺淳訳 岩波新書 1953年
・P・ニコル『フランス革命』金沢誠/山上正太郎訳 白水社文庫クセジュ 1965年
・G・リューデ『フランス革命と群衆』前川貞次郎/野口名隆/服部春彦訳 ミネルヴァ書房 1963年
・A・マチエ『フランス大革命』(上中下) ねづまさし/市原豊太訳 岩波文庫 1958~1959年
・J・M・トムソン『ロベスピエールとフランス革命』樋口謹一訳 岩波新書 1955年
・鹿島茂『情念戦争』集英社インターナショナル 2003年
・野々垣友枝『1789年 フランス革命論』大学教育出版 2001年
・高木良男『ナポレオンとタレイラン』(上下) 中央公論社 1997年
・河野健二『フランス革命の思想と行動』岩波書店 1995年
・河野健二/樋口謹一『世界の歴史15 フランス革命』河出文庫 1989年
・河野健二『フランス革命二〇〇年』朝日選書 1987年
・河野健二『フランス革命小史』岩波新書 1959年
・柴田三千雄『フランス革命』岩波書店 1989年
・柴田三千雄『パリのフランス革命』東京大学出版会 1988年
・芝生瑞和『図説 フランス革命』河出書房新社 1989年

・多木浩二『絵で見るフランス革命』岩波新書　１９８９年
・川島ルミ子『フランス革命秘話』大修館書店　１９８９年
・田村秀夫『フランス革命』中央大学出版部　１９７６年
・前川貞次郎『フランス革命史研究』創文社　１９５６年

◇

・Anderson, J.M., *Daily life during the French revolution*, Westport, 2007.
・Andress, D., *French society in revolution, 1789–1799*, Manchester, 1999.
・Andress, D., *The French revolution and the people*, London, 2004.
・Bailly, J.S., *Mémoires*, T.1–T.3, Paris, 2004–2005.
・Bessand-Massenet, P., *Robespierre: L'homme et l'idée*, Paris, 2001.
・Bonn, G., *Camille Desmoulins ou la plume de la liberté*, Paris, 2006.
・Bordonove, G., *Talleyrand: Prince des diplomates*, Paris, 1999.
・Carrot, G., *La garde nationale, 1789–1871*, Paris, 2001.
・Castries, Duc de, *Mirabeau*, Paris, 1960.
・Chaussinand-Nogaret, G., *Louis XVI*, Paris, 2006.
・Desprat, J.P., *Mirabeau: L'excès et le retrait*, Paris, 2008.
・Dingli, L., *Robespierre*, Paris, 2004.
・Félix, J., *Louis XVI et Marie-Antoinette*, Paris, 2006.
・Gallo, M., *L'homme Robespierre: Histoire d'une solitude*, Paris, 1994.

- Hardman, J., *The French revolution sourcebook*, London, 1999.
- Haydon, C. and Doyle, W., *Robespierre*, Cambridge, 1999.
- Lalouette, J., *La séparation des églises et de l'État: Genèse et développement d'une idée, 1789–1905*, Paris, 2005.
- Lever, É., *Marie-Antoinette: La dernière reine*, Paris, 2000.
- Livesey, J., *Making democracy in the French revolution*, Cambridge, 2001.
- Mason, L., *Singing the French revolution: Popular culture and politics, 1787–1799*, London, 1996.
- McPhee, P., *Living the French revolution, 1789–99*, New York, 2006.
- Rials, S., *La déclaration des droits de l'homme et du citoyen,* Paris, 1988.
- Robespierre, M. de, *Œuvres de Maximilien Robespierre, T.1–T.10*, Paris, 2000.
- Robinet, J.F., *Danton homme d'État*, Paris, 1889.
- Saint Bris, G., *La Fayette*, Paris, 2006.
- Saint-Just, *Œuvres complètes*, Paris, 2003.
- Schechter, R. ed., *The French revolution*, Oxford, 2001.
- Scurr, R., *Fatal purity: Robespierre and the French revolution*, New York, 2006.
- Tackett, T., *Becoming a revolutionary: The deputies of the French National Assembly and the emergence of a revolutionary culture(1789–1790)*, Princeton, 1996.
- Talleyrand, Ch. M. de, *Mémoires ou opinion sur les affaires de mon temps, T.1–T.4*, Clermont-Ferrand, 2004–2005.

- Vovelle, M., *1789: L'héritage et la mémoire*, Toulouse, 2007.
- Vovelle, M., *Combats pour la révolution française*, Paris, 2001.
- Walter, G., *Marat*, Paris, 1933.
- Waresquiel, E. de, *Talleyrand: Le prince immobile*, Paris, 2003.

解説

井家上隆幸

昭和二〇（一九四五）年六月の五日に神戸、二九日に岡山と空襲で焼け出されて流れついた岡山県北の茅屋《かやや》に、なぜか旧制六高の生徒のものとおぼしい、ランケの『世界史概観』だったか、岩波文庫があって、すでに活字中毒であった国民学校六年生は、理解は二の次、まるで時代小説を読むようにページをくって、歴史のおもしろさを知った。

翌年は中学校の受験だが、集団疎開に戦災と、五年生あたりから勉強などしていないので、学力不足だから高等科で一年勉強して中学を受験するはずが、学制改革六三三制で旧制中学は新入生をとらず、全員新制中学に横滑りして中学二年生となった。教師も生徒もてさぐりで自治会（生徒会ではない）が主役になった直接民主主義を実践。そのとき青年学校出の若い教師が「民主主義の主人公は民衆だ」と語り、バスチーユ蜂起、ルイ十六世らのギロチン処刑などを情熱をこめて弁じたのが、「フランス革命」との出会いだった。

それから二年。高校で選択した世界史の講義で大学新卒の新任教師が、いきなり黒板に一篇の漢詩を大書した。

天下朦朧皆夢魂　天下朦朧としてみな夢魂
危言独欲貫乾坤　危言ひとり乾坤を貫かんと欲す
誰知凄月悲風底　誰か知らん凄月悲風の底
泣読蘆騒民約論　泣いて読むルソーの民約論

「これは孫文中国革命に賭けた滔天宮崎寅蔵《とうてんみやざきとらぞう》の長兄、西南戦争で西郷軍に参加し戦死した宮崎八郎が、明治九年六月、西郷派の『評論新聞』に発表した『読民約論』という詩で、彼が泣いて読んだルソーの民約論は、兆民中江篤介《ちょうみんなかえとくすけ》の私家版『民約訳解』である」といった。以後彼は、一八世紀フランスの啓蒙思想を、フランス革命を滔々と語りつづけ、一年間の授業は「一八〇四年五月一八日ナポレオン皇帝となる」で終わり、だからわたしの世界史はきわめて歪《いびつ》なのだが、それはともかく、「昔《むかし》在人ノ初メテ生マルルヤ、皆ナ趣舎〔進退と同じ〕己《おのれ》ニ由リ、人ノ処分ヲ仰ガズ、是レヲ之レ自由ノ権ト謂ウ……顧《おも》ウニ自由権ハ、天ノ我ニ与エテ自立ヲ得シムル所以《ゆえん》ナリ」（「島田虔次読み下し文による『民約訳解』、桑原武夫編『中江兆民の研究』所収」と註のある上村希美雄『宮崎兄弟伝・日本篇上』より引用）ではじまる『民約論』の功績は、一八世紀中葉では絶対君主制の補強概念にすぎなかった法理念を根本から覆し、最も徹底した直接民主制論を展開することによって、二十七年後のフランス革命を用意したことにあった。

人間たる資格は意志の自由にある、一切の権威の基礎は人間の自由意志に基づく約束以外にはあり得ない——これがルソーの民権の原理論であり、その政治理想は、自由と平等を目ざす人間の意志が、自然状態の下でそのまま貫かれ得る社会状態を招来することだった。各人がすべての人々と結びつきながら、しかも自分自身にしか服従せず、以前と同じように自由であることが社会契約（民約）によって達成されるべきだとルソーはいう。自由で平等な主体としての人間が集まって決定した全員一致の約束よりほかに、人間を動かす正当な権力はあり得ず、この一般意志が指揮する政府以外に、国家の存在する理由はないのだ、と。

「この書が百年後の日本に飛び火した時、その効果はかえって激烈だったのではあるまいか？　そこはまだ、思想的にも社会的にも純白な、まっさらな絹を思わせる国であった。太政官令というものはあっても、人々はなお未だそれを真個の国法とは承知せず、この国の政体は今から、俺たちの手で作るのだと眦《まなじり》を吊り上げた青年たちが充満していた。その青年たちは——そして八郎も、その先駆ける一人に違いなかったが、たとえば『民約論』の次のような一節を、どんなに胸をつまらせ、膝を叩きながら読んだことだろうか」と上村希美雄は書いている。「国法ハ全国民ノ意ニ出デ、マタ事物ヲ汎視シテ衆人ニ渉ルト看做スモノニ限ルナレバ、如何ノ権アルモ、一人ノ意ヨリ命ズルトキハ、コレヲ国法ト謂ウベカラズ。マタタトイ全国民ノ意ニ出ズルモ、ソノ視ルトコロ汎カラザルトキハ、マタ、コノ名ヲ与ウベカラズ……」

兆民中江篤介は明治四（一八七一）年、米欧回覧の岩倉使節団に同行して五年から七年までフランスに留学。ルソーやジャコバン党の系譜を引くエミール・アラコスの影響を受けて、パリではもっぱら下級職人連と親しんだという。七年六月に帰国すると元老院権少書記官となり、仏蘭西学舎（後の仏学塾）を開いてルソー流の自由民権思想を唱え、彼が訳了したルソー『民約論』は、自由民権運動の活動家たちのあいだで手写本のかたちで回覧されたという。

またしてもおのれの体験にひきつければ、大学の社会科学研究会で自由民権運動や明治初期のジャーナリズム、あるいは幸徳秋水にとりくんで、明治の自由民権左派の植木枝盛が明治一四年八月に起草した「東洋大日本国国憲案」に出会った。「主権在民、基本的人権の無制約的保障、徹底した地方自治等に加え、権力の人権無視に対し抵抗権・革命権を主張し、これを憲法の上に明文化しようとした」「アメリカの独立宣言書やフランス革命憲法等の手本によるものとはいえ、他に例を見ないところである。天皇制については、公刊された文献では、その神権化を否定しているにとどまるけれど、非公刊著作や口承の言行記録によると、君主のない共和制を理想とし、国民が共和制を欲するならば、共和制に移行するのが当然である、と考えていたらしい」（『植木枝盛選集』家永三郎解説）この案は、一八編二二〇条にわたる堂々たるものだが、植木枝盛もまた中江兆民の『民約訳解』の読み下し本を入手して研究したという。その国憲案が、敗戦直後、憲法学者鈴木安蔵の憲法草案要綱となり、GHQの憲法草案に取り入れられ、現行憲法となるのだから、フランス革命の影響はすごい――と感動したものだった。

文庫版1巻『革命のライオン』の池上彰・解説に、「フランス人は、何かあると、すぐにデモなどの街頭行動に出たり、ストライキなどの直接行動に訴えたりします。なぜなのか。これは、過去の成功体験つまり『やればできる』という思いがあるからではないか。その成功体験とは、フランス革命である。これが佐藤さんの解釈でした。現代のフランス人には、フランス革命の記憶が刻み込まれているのです。それに引き換え、日本は……」とあるが、いやいやわたしたちの五〇年代も、何かあるとストライキであり、街頭デモにくりだし、ラ・マルセイエーズを高唱したもので、だからこそ第二次大戦中の北アフリカのカサブランカを舞台にした映画『カサブランカ』のクライマックス、ヨーロッパ各地からナチスの手を逃れてカサブランカに来た人びとが集まっている酒場で、ドイツ軍将校が愛国歌を合唱しはじめると、潜行中のレジスタンスの闘士が「ラ・マルセイエーズを！」と合図をし、楽団の演奏にあわせて、みんながいっせいにラ・マルセイエーズを高唱するシーンに感動するのである。あるいは、パリ解放に蜂起するレジスタンスをえがいた『パリは燃えているか』またしかり。ラ・マルセイエーズはわれわれだって自由と解放の歌として歌うのだ。

明治一四年四月、フランス留学仲間の西園寺《さいおんじ》公望《きんもち》と「東洋自由新聞」を創刊したり、明治二三年の第一回衆議院議員選挙で当選しながら、議員たちのあまりの腐敗堕落に、「アルコール中毒の為め、評決の数に加はり兼ね候に付き、辞職仕候」と議員を辞職し、明治三四年喉頭がんに侵され病床にあって『一年有半』『続一年有半』を書きつづけた中江兆民。彼とフランス革命との関わりについては、井田進也『二〇〇一年の中江兆民』（光芒社）に詳しいが、そこで紹介されている兆民の、シエイエス、ミラボー、ヴェルニヨー、ダントン、ロベスピエールの銘々伝で、兆民が政治家としてもっとも評価しているミラボーの力業が最後の輝きをみせる本巻『議会の迷走』から、「暴徒の魁《さきがけ》」と呼ぶダントン、マラー、ロベスピエールらが過激を競い、昨日の左は今日の右と、次々と断頭台の露と消えていく革命の後半（一九七二年の連合赤軍事件を想起させる）、佐藤賢一がいかなる展開と人物像を刻んでみせるか、兆民いうところの「一大院劇」の「俳優たち」が、なにを、いかにして演ずるか、自分の青春の記憶とかさねあわせて、まことに興味深いものがあるのである。

小説フランス革命 1~9巻　関連年表

（■の部分が本巻に該当）

1

1774年5月10日	ルイ16世即位
1775年4月19日	アメリカ独立戦争開始
1777年6月29日	ネッケルが財務長官に就任
1778年2月6日	フランスとアメリカが同盟締結
1781年2月19日	ネッケルが財務長官を解任される
1787年8月14日	国王政府がパリ高等法院をトロワに追放
	——王家と貴族が税制をめぐり対立——
1788年7月21日	ドーフィネ州三部会開催
8月8日	国王政府が全国三部会の召集を布告
8月16日	「国家の破産」が宣言される
8月26日	ネッケルが財務長官に復職
	——この年フランス全土で大凶作——
1789年1月	シェイエスが『第三身分とは何か』を出版

3月23日	マルセイユで暴動
3月25日	エクス・アン・プロヴァンスで暴動
4月27〜28日	パリで工場経営者宅が民衆に襲われる（レヴェイヨン事件）
5月5日	ヴェルサイユで全国三部会が開幕
同日	ミラボーが『全国三部会新聞』発刊
6月4日	王太子ルイ・フランソワ死去
6月17日	第三身分代表議員が国民議会の設立を宣言
1789年6月19日	ミラボーの父死去
6月20日	球戯場の誓い。国民議会は憲法が制定されるまで解散しないと宣誓
6月23日	王が議会に親臨、国民議会に解散を命じる
6月27日	王が譲歩、第一・第二身分代表議員に国民議会への合流を勧告
7月7日	国民議会が憲法制定国民議会へと名称を変更
	――王が議会へ軍隊を差し向ける――
7月11日	ネッケルが財務長官を罷免される
7月12日	デムーランの演説を契機にパリの民衆が蜂起

3

1789年7月14日	パリ市民によりバスティーユ要塞陥落 ――地方都市に反乱が広まる――
7月15日	バイイがパリ市長に、ラ・ファイエットが国民衛兵隊司令官に就任
7月16日	ネッケルがみたび財務長官に就任
7月17日	ルイ16世がパリを訪問、革命と和解
7月28日	ブリソが『フランスの愛国者』紙を発刊
8月4日	議会で封建制の廃止が決議される
8月26日	議会で「人間と市民の権利に関する宣言」（人権宣言）が採択される
9月16日	マラが『人民の友』紙を発刊
10月5〜6日	パリの女たちによるヴェルサイユ行進。国王一家もパリに移動

4

1789年10月9日	ギヨタンが議会で断頭台の採用を提案
10月10日	タレイランが議会で教会財産の国有化を訴える
10月19日	憲法制定国民議会がパリに移動
10月29日	新しい選挙法・マルク銀貨法案が議会で可決
11月2日	教会財産の国有化が可決される

11月頭　ブルトン・クラブが憲法友の会と改称し、集会場をパリのジャコバン僧院に置く（ジャコバン・クラブの発足）
11月28日　デムーランが『フランスとブラバンの革命』紙を発刊
12月19日　アッシニャ（当初国債、のちに紙幣としても流通）発売開始
1790年1月15日　全国で83の県の設置が決まる
3月31日　ロベスピエールがジャコバン・クラブの代表に
4月27日　コルドリエ僧院に人権友の会が設立される（コルドリエ・クラブの発足）
1790年5月12日　パレ・ロワイヤルで1789年クラブが発足
5月22日　宣戦講和の権限が国王と議会で分有されることが決議される
6月19日　世襲貴族の廃止が議会で決まる
7月12日　聖職者の俸給制などを盛り込んだ聖職者民事基本法が成立
7月14日　パリで第一回全国連盟祭
8月5日　駐屯地ナンシーで兵士の暴動（ナンシー事件）
9月4日　ネッケル辞職

5

1790年11月30日　ミラボーがジャコバン・クラブの代表に
12月27日　司祭グレゴワール師が聖職者民事基本法に最初に宣誓
12月29日　デムーランとリュシルが結婚
1791年1月　宣誓聖職者と宣誓拒否聖職者が議会で対立、シスマ（教会大分裂）の引き金に
1月29日　ミラボーが第44代憲法制定国民議会議長に
2月19日　内親王二人がローマへ出立。これを契機に亡命禁止法の議論が活性化
4月2日　ミラボー死去。後日、国葬でパンテオンに偉人として埋葬される

6

1791年6月20日～21日　国王一家がパリを脱出、ヴァレンヌで捕らえられる（ヴァレンヌ事件）

7

1791年6月21日　一部議員が国王逃亡を誘拐にすりかえて発表、廃位を阻止
7月14日　パリで第二回全国連盟祭

8

7月16日	ジャコバン・クラブ分裂、フイヤン・クラブ発足
7月17日	シャン・ドゥ・マルスの虐殺
1791年8月27日	ピルニッツ宣言。オーストリアとプロイセンがフランスの革命に軍事介入する可能性を示す
9月3日	91年憲法が議会で採択
9月14日	ルイ16世が憲法に宣誓、憲法制定が確定
9月30日	ロベスピエールら現職全員が議員資格を失う
10月1日	新しい議員たちによる立法議会が開幕
11月9日	亡命貴族の断罪と財産没収が法案化
11月16日	ペティオンがラ・ファイエットを選挙で破りパリ市長に
11月25日	宣誓拒否僧監視委員会が発足
12月3日	亡命中の王弟プロヴァンス伯とアルトワ伯が帰国拒否声明
	——王、議会ともに主戦論に傾く——
12月18日	ロベスピエールがジャコバン・クラブで反戦演説

初出誌　「小説すばる」二〇〇八年四月号〜二〇〇八年八月号

二〇〇九年三月に刊行された単行本『聖者の戦い　小説フランス革命Ⅲ』と、
同年九月に刊行された単行本『議会の迷走　小説フランス革命Ⅳ』
（共に集英社刊）の二冊を文庫化にあたり再編集し、三分冊しました。
本書はその二冊目にあたります。

佐藤賢一の本

ジャガーになった男

「武士に生まれて、華もなく死に果ててたまろうものか！」〝戦い〟に魅了されたサムライ・寅吉は冒険を求めて海を越える。17世紀のヨーロッパを駆けぬけた男の数奇な運命を描く。

佐藤賢一の本

傭兵ピエール（上・下）

魔女裁判にかけられたジャンヌ・ダルクを救出せよ——。15世紀、百年戦争のフランスで敵地深く潜入した荒くれ傭兵ピエールの闘いと運命的な愛を雄大に描く歴史ロマン。

佐藤賢一の本

赤目のジャック

殺せ。犯せ。焼きつくせ。中世フランスに起きた農民暴動「ジャックリーの乱」。農民が領主を虐殺するモラルの混乱の中で、青年フレデリは人間という「獣」の深い闇を見てしまう。

佐藤賢一の本

王妃の離婚

1498年フランス。国王が王妃に対して離婚裁判を起こした。田舎弁護士フランソワは、その不正な裁判に義憤にかられ、孤立無援の王妃の弁護を引き受ける……。直木賞受賞の傑作。

集英社文庫

佐藤賢一の本

カルチェ・ラタン

時は16世紀。学問の都パリはカルチェ・ラタン。世間知らずの夜警隊長ドニと女たらしの神学僧ミシェルが巻き込まれたある事件とは？　宗教改革の嵐が吹き荒れる時代の青春群像。

佐藤賢一の本

オクシタニア（上・下）

宗教とは、生きるためのものか、死ぬためのものか。13世紀南フランス、豊饒の地オクシタニアに繁栄を築いた異端カタリ派は、十字軍をいかに迎え撃つのか。その興亡のドラマを描く、魂の物語！

集英社文庫

集英社文庫

議会《ぎかい》の迷走《めいそう》 小説《しょうせつ》フランス革命《かくめい》5

2012年1月25日 第1刷
2020年10月10日 第2刷

定価はカバーに表示してあります。

著 者 佐藤賢一《さとうけんいち》

発行者 徳永 真

発行所 株式会社 集英社
東京都千代田区一ツ橋2-5-10 〒101-8050
電話 【編集部】03-3230-6095
【読者係】03-3230-6080
【販売部】03-3230-6393(書店専用)

印 刷 凸版印刷株式会社

製 本 凸版印刷株式会社

フォーマットデザイン アリヤマデザインストア　　マークデザイン 居山浩二

ISBN978-4-08-746783-3 C0193